일본문학 컬렉션 **02**

발칙한
그녀들

일본문학 컬렉션 02
발칙한 그녀들

ⓒ 작가와비평, 2022

1판 1쇄 인쇄__2022년 02월 20일
1판 1쇄 발행__2022년 02월 28일

지은이__히구치 이치요·시미즈 시킹·오카모토 가노코·미즈노 센코
　　　　하야시 후미코·다무라 도시코·미야모토 유리코
옮긴이__안영신·박은정·서홍
펴낸이__홍정표
펴낸곳__작가와비평
　　　　등록__제2018-000059호

공급처__(주)글로벌콘텐츠출판그룹
　　　　대표__홍정표　이사__김미미
　　　　편집__하선연 최한나 권군오 문방희　기획·마케팅__김수경 이종훈 홍민지
　　　　주소__서울특별시 강동구 풍성로 87-6
　　　　전화__02-488-3280　팩스__02-488-3281
　　　　홈페이지__http://www.gcbook.co.kr　메일__edit@gcbook.co.kr

값 13,000원
ISBN 979-11-5592-294-1　03830

※ 이 책은 본사와 저자의 허락 없이는 내용의 일부 또는 전체의 무단 전재나 복제, 광전자 매체
　수록 등을 금합니다.
※ 잘못된 책은 구입처에서 바꾸어 드립니다.

일본문학 컬렉션 **02**

발칙한 그녀들

히구치 이치요·시미즈 시킹·오카모토 가노코·미즈노 센코
하야시 후미코·다무라 도시코·미야모토 유리코 지음

안영신·박은정·서홍 옮김

작가와비평

차례

배반의 보랏빛 _ 히구치 이치요   7
작품 및 작가 소개

깨진 반지 _ 시미즈 시킹   21
작품 및 작가 소개

새해에는 _ 오카모토 가노코   43
작품 및 작가 소개

여자 _ 미즈노 센코   73
작품 및 작가 소개

산책 _ 미즈노 센코   91
작품 소개

철 지난 국화 _ 하야시 후미코 작품 및 작가 소개	107
그녀의 생활 _ 다무라 도시코 작품 및 작가 소개	149
생혈 _ 다무라 도시코 작품 소개	193
아침 바람 _ 미야모토 유리코 작품 및 작가 소개	215
역자 후기	256

일본문학 컬렉션
02

배반의 보랏빛

히구치 이치요 지음
안영신 옮김

해질 무렵 집배원이 여자 글씨체의 편지 한 통을 가게 앞에 놓고 갔다. 흐릿한 고타쓰 불빛 아래에서 몰래 편지를 읽고는 돌돌 말아 오비 사이에 끼워 넣었다. 그러고는 어찌할 바를 몰라 안절부절못하고 있었다. 걱정스러운 기색이 역력한 아내에게 사람 좋기로 소문난 남편이 무슨 일이 있냐고 물었다.

"아니, 별일은 아니고 나카초에 사는 언니한테 무슨 근심거리가 생긴 거 같아요. 언니가 여기로 오면 좋겠지만 형부가 워낙 까다롭잖아요. 어딜 가면 하도 잔소리를 해서 오기가 힘든가 봐요. 밤늦게까지 붙잡진 않을 테니까 당신한테 잘 얘기해서 좀 와줄 수 없냐고 하네요. 기다리겠다는 편지예요. 또 의붓딸하고 다툰 건 아닌지 모르겠어요. 소심한 성격이라 말도 못하고 혼자 가슴앓이만 할 텐데....... 어떡해야 하나."

이렇게 말하면서 일부러 크게 웃었다.

"그것 참 안 됐군."

남편은 눈살을 찌푸렸다.

"당신한텐 하나밖에 없는 형제잖아. 힘든 일이 있으면 도와야지. 그렇게 웃어넘겨서야 되겠어? 무슨 일인지 한번 가봐. 여자들은 느긋하지 못하고 조급해하잖아. 한 시간도 십 년처럼 느껴질 거야. 당신이 서둘러 가지 않으면 날 원망할 게 뻔한데. 오늘밤은 딱히 할 일도 없으니까 얼른 가서 얘기라도 들어 주지 그래."

남편은 사랑하는 아내와 관련된 일이라면 뭐든지 흔쾌히 허락해 준다. 아내는 속으로 뛸 듯이 기뻤지만 내색은 하지 않았다.

"그럼 가봐야겠네요."

아내는 어쩔 수 없다는 듯 옷장에서 옷을 꺼냈다.

"핑계 같은 거 댈 생각 말고 어서 가봐. 얼마나 애타게 기다리겠어."

부처 같은 남편은 아무것도 모르고 얼른 가라고 재촉했다. 양심의 가책 때문에 얼굴이 달아오르고 가슴이 마구 뛰었다.

"그럼 다녀올게요."
명주 솜옷을 껴입고 밤바람을 막아줄 두툼한 공단 외투에 방한용 두건까지 썼다. 키가 커서 각진 소매의 외투가 잘 어울렸다.
"다키치! 다키치!"
가게 입구에서 게다를 신다가 일하는 아이를 불러 등을 쿡쿡 찌르면서 말했다.
"꾸벅꾸벅 졸다가 누가 물건을 집어가는 것도 모르고 그러면 안 된다. 내가 너무 늦어지면 그냥 가게 문 닫고 들어가. 화로는 이불 속에 오래 두지 말고."
아내는 당부의 말을 잊지 않았다.
"그리고 부엌의 불씨도 조심해야 하는 거 알지? 주인 아저씨 주무실 땐 머리맡에다 물주전자랑 재떨이 챙겨 드리는 거 잊지 말고. 불편하시지 않게 해드려야 된다. 나도 되도록이면 일찍 올 테니까."
그러고 나서 유리문을 여는 아내에게 남편이 세심하

게 신경을 써주었다.

"인력거 불러 줄까? 어차피 걸어갈 수도 없잖아."

"아니에요. 장사하는 여자가 가게에서 인력거를 타고 나가면 사치스럽게 보일 거예요. 저쪽 모퉁이까지 가서 적당히 흥정해서 타고 가죠 뭐. 이래 봬도 제가 그런 계산엔 밝거든요."

이렇게 말하며 애교스럽게 웃었다.

"아줌마 같은 소리!"

환하게 웃는 남편을 애써 외면하고 밖으로 나온 아내는 하늘을 올려다보며 후유 하고 한숨을 돌렸다. 어두워진 그녀의 얼굴에 저녁 그림자가 짙게 드리웠다.

'언니가 편지를 보냈다고? 새빨간 거짓말!'

뒤돌아서 집 쪽을 바라보았다. 아무것도 모르고 흔쾌히 다녀오라고 하는 남편에게 그저 죄스러운 마음뿐이었다.

저렇게 의심하는 마음이라곤 손톱만큼도 없는 착한 사람을 속이고 부정한 짓을 저지르고 있으니. 이게 남편 있는 여자가 할 짓인가.

이 얼마나 악하고 사람 같지도 않은 짓인가. 법과 도

리도 모르는 짐승 같은 짓이란 말인가. 아무것도 모르는 남편은 이런 나를 그저 끔찍이 아끼고 예뻐해 준다. 아내 일이라면 몸도 돌보지 않고 뭐든지 챙겨 주는 그 마음이 고맙고 기쁘면서도 두렵다. 너무도 과분해서 눈물이 난다. 그런 남편을 두고 뭐가 부족해서 아슬아슬 줄타기 하듯 이렇게 위험한 짓을 하는지 모르겠다. 그렇게 착한 나카초의 언니까지 팔아 거짓말을 하고 지금 난 어딜 가고 있단 말인가.

'난 나쁜 년이다. 사람도 아냐. 불륜이나 저지르는 더러운 인간!'

이 얼마나 도리에 어긋난 짓이란 말인가. 길가에 멈춰 선 아내는 걸음을 옮기는 것조차 힘이 들었다. 골목 모퉁이를 두 번이나 돌고 나서 집이 보이지 않는 걸 확인하자 뜨거운 눈물이 주르르 흘러내렸다.

남편의 이름은 고마쓰바라 도지로. 서양 잡화점을 운영하고 있지만 그건 겉모습일 뿐이고 남아도는 재산을 곳간에 쌓아 놓고 사는 세상 물정 모르는 선량한 사람이다. 그의 사랑을 받는 아내 리쓰는 눈치가 빠르고 민첩

해서 사람들의 기분을 잘 맞춰 준다. 생글생글 웃는 얼굴로 남편의 화를 누그러뜨리고 손님들에게 입에 발린 소리도 잘 했다. 젊은 안주인이 장사 수완이 보통이 아니라고 주변 사람들의 칭찬이 자자하다.

'그런데 내가 이렇게 부정한 짓을 저지르고 있으니.'

남들은 모를 거라며 애써 눈감으려고 해도 자상한 남편이 떠올라 리쓰는 길가에 멈춰 선 채 꼼짝도 할 수가 없었다.

'가지 말까? 그만둘까? 과감하게 마음을 접고 되돌아갈까?'

죄짓는 건 오늘로 끝내자. 나만 마음을 고쳐먹으면 그 사람도 그렇게 미련을 갖진 않을 거야. 사람들이 알기 전에 관계를 정리하고 예전으로 돌아가야지. 그게 그 사람이나 나를 위해 좋을 거야. 우리가 아무리 애타게 그리워하고 같이 있고 싶어 해도 어차피 떳떳한 관계가 될 순 없잖아.

사랑하는 사람에게 불륜의 오명을 씌울 순 없어. 나는 그렇다 쳐도 출세를 해야 할 그 사람을 평생 어둠 속에서 지내게 해놓고 내 맘이 편할 수 있을까.

'아아! 싫어. 너무 두렵다. 나는 무슨 생각으로 그를 만나러 나온 걸까.'

편지를 천 통 보내온다 해도 내가 만나러 가지만 않으면 서로에게 상처가 남는 일은 없을 것이다.

'이제 결단을 내리고 돌아갈까? 돌아가자. 그래, 돌아가는 거야!'

리쓰는 깨끗이 단념하고 발걸음을 되돌렸다. 그런데 때마침 불어온 서늘한 밤바람이 온몸에 스며들면서 마치 꿈에서 깨어난 것처럼 그 결심은 사라져 버렸다.

'그래, 내가 이렇게 마음 약하게 굴면 안 되지!'

처음 이 집에 시집올 때부터 도지로를 남편으로 여기고 온 건 아니었으니까. 몸은 가더라도 마음은 절대 주지 않겠다고 결심했는데 이제 와서 무슨 의리 타령이야. 나쁜 년이라고, 몹쓸 짓이라고 비난해도 상관없어.

'마음에 안 드시면 그냥 저를 버리세요. 그렇게 해주시면 차라리 고맙겠어요.'

그렇게 어리숙한 남편 때문에 요시오카 씨 곁을 떠날 생각을 잠시나마 했단 말인가.

'내 목숨이 다할 때까지 우리 계속 만나요. 헤어질 수 없어요!'

남편이 있어도, 아내가 생겨도 이 약속만은 지키겠다고 다짐했으니까. 그 누가 아무리 다정하게 잘해 준다 해도 진정한 나의 연인은 요시오카 씨 말고는 없으니까.

'이제 아무 생각 말자, 다른 생각은 하지 않을 거야!'

리쓰는 두건 위로 귀를 막고 빠르게 몇 걸음 뛰기 시작했다. 그러자 불안하던 마음도 어느샌가 차분하게 가라앉으며 맑아졌다. 핏기 없는 입술에는 싸늘한 미소마저 떠올랐다.

작품 소개

배반의 보랏빛
(うらむらさき)

「배반의 보랏빛」은 히구치 이치요 생전에 발표된 작품 중 유일한 미완성 단편으로, 1896년 5월 ≪신분단≫에 '상편'만 게재되었다. 완결을 짓지 못하고 작가가 세상을 떠났기 때문에 작품으로서는 불완전하지만 상편의 내용만으로도 완성도가 떨어지지 않는다. 이 작품의 주인공은 여성이 자신의 삶을 선택할 권리가 없던 시대에 불륜이라는 대담한 선택을 하며 세상의 인습에 도전하는 모습을 보여 준다. 그녀가 느끼는 죄책감과 갈등, 망설임과 결단의 과정까지 내면의 감정 변화가 매우 세밀하게 그려져 있다.

해질 무렵 도착한 편지 한 통을 읽고서 집을 나선 짧은 시간 동안 주인공 리쓰의 심리가 매우 사실적으로 표현되어 긴장감을 느끼며 빠져들게 된다. 결혼 전에 이미 결혼을 약속한 연인 요시오카를 몰래 만나러 가는 그녀는 자신에게 무조건적인 사랑을 베푸는 남편을 떠올리며 죄의식에 괴로워한다. 불륜이 들통나기 전에 관계를 정리해야겠다며 집으로 발걸음을 돌리던 그녀는 이내 고개를 젓고 진정한 사랑을 찾아가겠다는 결심을 굳힌다. 마지막 장면에 핏기 없는 그녀의 입술에 싸늘한 미소가 번지는 모습은 뭔가 섬뜩한 느낌마저 준다.

1890년 일본에서는 메이지 민법이 공포되었지만 여전히 봉건제도의 영향에서 벗어나지 못했다. 남녀 불평등 규정이 많았고 가족 제도에서 여성의 법적 지위는 매우 낮았다. 이러한 사회적 배경 속에서 배우자가 있는 여성의 불륜을 다루었다는 건 매우 파격적인 시도라 할 수 있다. 이는 사랑하는 연인이 있음에도 본인의 의지로 결혼을 선택할 수 없던 당시의 상황을 역으로 보여 주는 것이기도 하다. 미완의 작품이기에 결론을 섣불리 예측할 순 없지만, 사회적 불합리에 맞서고자 하는 작가의 인식을 엿볼 수 있다.

작가 소개

히구치 이치요
(樋口一葉 1872~1896)

  1872년 도쿄에서 출생한 히구치 이치요는 2004년부터 발행된 5천 엔 지폐에 실린 초상으로 익숙한 인물이다. 1891년 ≪도쿄아사히신문≫ 전속 작가 나카라이 도스이의 지도로 소설을 쓰기 시작하여 1892년 「밤 벚꽃」으로 데뷔하였다. 아버지의 죽음으로 16세에 호주가 되어 어머니와 여동생을 부양해야 했던 그녀는 여성의 사회 진출이 어려웠던 시대에 생계를 위해 소설을 쓰기 시작했다.

  1895년 12월 「섣달그믐」을 시작으로 「키재기」, 「흐린 강」, 「십삼야」, 「갈림길」, 「나 때문에」 등 문학사에 남는 대표작들을 1년 남짓한 기간에 집중적으로 발표했는데, 이 시기를 '기적의 14개월'이라고 일컫는다. 일본 최초의 여류 직업작가로서 생활고를 겪으며 19세에 시작된 그녀의 작가 인생은 불과 24세의 젊은 나이에 폐결핵으로 마감되었다.

당시 문단의 거장 모리 오가이는 일찍이 히구치의 재능을 발견하고 극찬을 아끼지 않았으며, 세계적인 중국의 작가 위화는 그녀를 19세기 가장 위대한 여성작가 중 한 사람으로 꼽는다. 삶의 고통을 극복하기 위해 노력한 여성을 형상화한 그녀의 작품은 지금까지도 높은 평가를 받으며 사랑받고 있다.

일본문학 컬렉션
02

깨진 반지

시미즈 시킹 지음
박은정 옮김

제가 알이 빠진 반지를 끼고 있는 게 신경 쓰이시나 보네요. 그러시겠죠. 말씀하신 대로 이런 볼품없는 깨진 반지를 끼느니 차라리 다른 걸 끼는 게 나을 겁니다. 하지만 이 반지는 제게 정말 의미가 있는 물건이에요. 그래서 저는 다른 반지를 낄 수 없답니다. 시간은 정말 빨리 지나가네요. 반지가 깨진 지도 벌써 2년이 넘었습니다. 그동안 사람들로부터 그런 걸 왜 끼냐며 저한테 어울리지 않는다는 말을 종종 들었습니다. 사실 전 일부러 반지를 끼고 다니는 겁니다. 여기엔 깊은 사연이 담겨 있기 때문이죠. 그 사연을 당신한테만 들려드릴게요. 저는 이 반지를 볼 때마다 오장육부가 뒤틀리는 것처럼 고통스럽습니다. 그렇지만 한순간도 손에서 반지를 뺄 생각은 없습니다. 왜냐하면 이 반지는 제게 은인 같은 존재이면서 동시에 온갖 고통과 괴로움을 안겨 주었기 때문입니다. 아무튼 반지 덕분에 저는 당당하게 홀로 서야 한다는 의지를 갖게 되었습니다. 이 반지는 제게 항상 기운을 북돋아 주고 용기를 주고 있습니다. 정말 위로가 되는 아주 소중한 물건이지요. 남들은 흉하다고 하겠지만 제게는 천만금을 주고도 바꿀 수 없는 귀중한 보물입니다. 당신은 아직 저에 대해서 잘 모르시겠지만 제 삶은 정말이지 이 깨진 반지와 많이 닮아 있습니다. 이 반지처럼 저는 사람들로부터 많은 비난과 공격을 받았습니다. 제가 마음을 단단히 먹고 이 반지를 깨트린 만큼 그 정도의 비난과 공격은 이미 각오하고 있던 터라 크게 마음에 담아 두진 않았어요. 하지만 어느 날 반지를 보고 이런 생각을 했습니다.

  '아아, 너도 나처럼 참으로 불쌍한 신세로구나.'

  그러면서 무심코 눈물을 흘린 적도 있었습니다. 하지만 마음을 다시 고쳐먹었어요. 사람들은 이해하지 못하겠지만 신께서만은 알아주실 거라고 스스로 위로했습니다.

'아아, 깨진 반지.'

이 반지가 아무리 가치가 있다고 해도 지금은 알아주는 사람이 없을 겁니다. 백 년이 지나면 혹시 모르겠지만요.

새삼스럽게 이런 이야기를 꺼내려니 벌써 가슴이 벅차오르는군요. 제가 이 반지를 처음 끼게 된 건 잊으려 해도 도저히 잊을 수 없는 5년 전, 그러니까 제가 열여덟 살이 되던 해였습니다. 그해 봄에 결혼하면서 남편으로부터 이 반지를 받았습니다. 그때는 이 반지가 결혼을 의미하는 건 아니었습니다. 그냥 별 의미 없이 사준 반지였는데, 지금 생각하면 결혼반지라고 할 수도 있겠네요.

제가 결혼한 그 시기는 여성 교육이 겨우 씨를 뿌리기 시작했을 무렵이었어요. 저 역시 그런 문제에 대해 잘 알지 못했습니다. 더구나 그때 저는 지방에 살았기 때문에 같은 5년 전이라고 해도 도쿄와는 상당히 달랐지요. 서양 부부들의 결혼 생활이 어떤지는 아예 상상조차 할 수 없었습니다. 결혼이 뭔지도 잘 몰랐던 저는 그저 전통적인 관습을 당연하게 받아들였습니다. 그 무렵 제가 다니던 여학교에서도 유향(劉向)의 『열녀전(列女傳)』 같은 중국 고전만 읽고 있었어요. 저는 자연스럽게 그 영향을 받게 되었지요. 예를 들어 어릴 적 부모가 정해 놓은 신랑감이 일찍 세상을 떠나게 되면, 얼굴 한번 본 적 없어도 목숨을 걸고 절개를 지켜야 한다고 배웠습니다. 그리고 못된 시어머니가 며느리의 목을 졸라 죽이려 해도 제 발로 집을 나가는 건 '도리'가 아니라고 생각했어요. 그게 여성이 갖춰야 할 최고의 미덕이었던 셈이지요. 그 시절에는 운이 좋으면 복권에 당첨되고, 운이 없으면 꽝이 나오는 것처럼 누가 남편이 될지 그저 운명에 맡기는 수밖에 없었습니다. 그래서 모든 걸 하늘에 맡기고 도리를 지키며 평생 정숙하게 살아야 한다고 생각했어요. 게다가 저희 어머니는 배운 걸 그대로 실천하는 고지식한 사람이었지요. 아버지께도 항상 거리를 두고 공손한 태도로 대하셨고 말을 하는 것도 어려워하셨어요. 아버지를 마치 손님 대하듯 하셨습니다.

저는 어릴 적부터 '다른 집 아버지는 왜 저렇게 다정한 거지?', '옆집은 어쩌면 저렇게 아버지하고 사이가 좋은 걸까?' 하는 생각을 하곤 했습니다. 그리고 어머니가 아버지를 어려워하는 걸 보면서 '여자의 삶이라는 건 너무 고달프고 덧없구나.'라고만 생각했습니다. 그 무렵

이해할 수 없는 일들이 많이 생겼고 제 인생이 너무 보잘것없다고 느꼈습니다.

'아무래도 결혼하지 말고 평생 혼자 편하게 사는 게 낫겠어.'

이렇게 생각했었죠. 그러다가 제가 열대여섯 살이 되자 부모님께서는 자꾸 결혼을 재촉하셨습니다. 제가 그렇게나 거절했는데도 어디서 그렇게 혼담이 계속 들어오는지 신기할 정도였어요. 이건 어떠냐, 저건 어떠냐 하면서 끊임없이 혼담을 들고 오셨는데 저는 싫다고 끝까지 버텼어요. 처음에는 어머니도 아버지께 얘기하셨지요.

"아직 나이가 어리니까 맞선은 좀 나중에······."

하지만 열여덟이 되자 어머니도 더 이상 저를 감싸 주지 못하셨습니다. 아버지는 화를 내시면서 어머니까지 나무라셨습니다.

"건방진 자식 같으니라고! 이게 다 당신 잘못이야."

그러던 어느 날 거실에서 아버지가 부르시기에 나가 봤더니 자리에 앉기가 무섭게 결혼 이야기를 꺼내시는 겁니다. 얼마나 당황스러웠는지 지금 생각해도 진땀이 날 정도입니다. 이런 상황에 대비해서 변명거리 몇 가지를 준비해 놓긴 했어요. 하지만 그렇게 일방적으로 말씀하실 줄은 몰랐기에 그저 멍하니 아버지를 바라봤어요.

"어디 한번 싫다고 하기만 해봐."

아버지는 윽박지르듯이 말씀하셨습니다. 저는 옆에 계신 어머니가 무슨 말이라도 해주시길 기다렸어요. 하지만 아버지의 기세에 눌린 어머니는 아버지 뜻에 따르겠다고 얼른 대답하라는 듯 걱정스러운 표정으로 저를 바라보셨습니다. 저는 부드럽게 그리고 강하게 노려보는 두 시선 속에서 어찌할 바를 몰랐습니다. 평소에도 너무 어려운 아버지였기 때문에 정말 당황스러웠습니다. 결국 떨리는 입술을 깨물며 대답했습니다.

"아직 공부를 더 해야 해서 좀 더 시간을 주시면…"

말을 꺼내자마자 아버지는 눈을 부릅뜨고 저를 노려보셨습니다.

"뭐? 공부가 부족하다고? 바보 같은 소리! 공부는 남들만큼 시켜 줬잖아? 뭐가 부족하다는 거야? 뭐가 마음에 안 드는데? 건방지게시리."

아버지가 큰소리를 치시자 어머니는 왜 그런 말을 했냐는 표정으로 저를 쳐다보셨습니다. 못할 말을 한 건 아니라고 말하고 싶었지만, 입 밖으로 나오지 않았습니다.

깨진 반지 27

"도쿄의 여자사범학교에 가서…"

간신히 말을 꺼냈지만 아버지는 제 말을 끊어 버렸습니다.

"뭐라고? 사범학교? 그래, 초등학교 선생이 되겠다고? 그래서 그다음엔 어떻게 할 건데? 평생 혼자서 사는 게 쉬운 일인 줄 알아? 그런 말도 안 되는 소리는 집어치우고 시키는 대로 해. 이제 와서 뭘 더 하겠다는 거야? 암튼 네 어머니한테 다 말해 놨으니까 그런 줄 알아."

이렇게 화를 내시고는 어디론가 가버리셨습니다.

"아버지가 한번 하신 말씀은 절대로 번복하지 않는 성격인 걸 너도 잘 알잖니. 그리고 이번에는 신랑 쪽이 꽤 마음에 드셨나 봐. 마쓰무라 씨가 소개해 준 사람이라 그렇기도 하고. 내가 보기에도 아주 괜찮은 자리인 것 같아. 이 정도 경력과 학력이란 게 그리 흔치는 않잖니. 그리고 여자가 적당한 때를 넘기면 결국 좋은 혼처를 다 놓치게 되니까……."

어머니가 조용히 저를 타일렀습니다. 지금이라면 절대로 납득하지 못했을 거예요. 하지만 그때는 제가 조금 순진했고 또 언젠가는 결혼할 거라는 생각에 마음이 약해졌지요. 그래서 승낙했다기보다는 그 상황을 그냥 받아들였던 겁니다. 그때 왜 좀 더 강하게 거절하지 못했을까 후회가 됩니다. 그러고 나서 어머니는 맞선 상대에 대해 자세히 알려 주셨고, 그쪽에서는 내일모레로 맞선 날짜를 잡고 싶다는데 어떠냐고 물어보셨어요. 좋은 일은 서둘러야 한다며, 내일은 머리를 다듬고 무슨 옷을 입을지 생각하라고 하셨지요. 저는 어떻게 해야 할지 몰라 그저 알겠다고 대답하고는 방으로 돌아와 곰곰이 생각해 봤습니다. 이미 아버지가 결정해 버린 결혼이니 선을 본 다음엔 싫다고 해봤자 아무 소용없는 일이었습니다. 상대방에게 얼굴만 보여 주는 건 창피한 일이라 맞선은 싫다고 어머니한테 고집부려 봤지만, 그것도 다 어리석은 짓이었지요.

돌이켜 보면 저는 어릴 때부터 학교 친구나 친척 외에는 사람들을 만난 적이 거의 없었습니다. 아버지 손님들이 오실 때 우연히 제가 현관에 서 있거나 할 때면 어머니가 빨리 들어가라고 해서 작은 방으로 들어가 있곤 했습니다. 그러니 사람 보는 눈이 있었겠어요? 결국 선을 봤지만 역시나 잘 모르겠더라고요. 만나기도 전에 섣불리 이런저런 고민을 하는 것도 마음이 내키지는 않았습니다. 시집가는 건 싫었지만 그래도 어떤 사람일까 어렴

풋이 기대도 하며, 이게 다 추억이겠거니 생각하면서 포기했던 거지요.

그해 음력 3월, 벚꽃이 필 무렵 그럭저럭 결혼식을 무사히 마쳤습니다. 하지만 저는 아무리 노력해도 남편한테 정이 가지 않았고, 결혼한 지 두세 달이 지나도 왜 평생 이 집에 살아야 하는지 이해할 수 없었어요. 남편이 저를 사랑해 주었는지는 잘 모르겠습니다. 가끔 박물관 같은 곳에 같이 가서 뭔가 사주겠다고 말한 적도 있었지요. 하지만 저는 선물 같은 걸 받을 기분이 아니었어요. 제가 정말 이 집 식구인지도 잘 모르겠고, 아무튼 마음이 편하지 않았습니다. 남편과 함께 길을 걷거나 뭔가를 같이해도 즐겁지 않았어요. 그저 고향에 있을 때의 일만 떠올랐지요. 어디를 가도 어머니와 언니도 같이 왔으면 좋았을 거라는 생각만 들었습니다.

그러던 어느 날이었어요. 열대여섯 살 정도 되는 소녀가 갖고 온 편지를 하녀가 별생각 없이 저한테 주었습니다. 그런데 당황한 남편이 하녀를 노려보더니 편지를 가져오라며 가로채더라고요. 무슨 일인지 전혀 몰랐던 저는 사소한 일에도 화를 내는 이상한 사람이라고 생각했지요. 편지를 다 읽고서 남편은 여느 때와 달리 둘둘 말아 소맷자락 속에 넣더군요. 그러고는 곧바로 답장하겠다는 말을 전하고 심부름하는 아이를 돌려보냈습니다. 그리고 그날 밤의 일이었어요. 남편이 잠시 산책 다녀온다며 나갔는데 10시가 지나고 12시가 넘어도 안 들어오는 거예요. 곧 들어오겠지 싶어서 이불도 깔지 않고, 학교 동창들에게 보내는 편지 등을 정리하며 시간을 보내고 있었습니다. 밤도 점점 깊어져서 하녀들에게 먼저 자라고 했는데 하녀 한 명이 제가 외로울 거 같다며 말동무가 되어 주었지요.

"손이 참 고우시네요. 이전 사모님은……"

제가 편지 정리하는 걸 바라보다가 무심코 이런 말을 하는 거예요. '이전 사모님'이라는 말에 저도 모르게 하녀의 얼굴을 쳐다봤습니다.

"내가 오기 전에 누가 있었던 거야?"

그 아이는 제가 이 집에 오기 훨씬 전부터 있었거든요. 그래서 아는 게 아주 많았지요. 제가 물어보니까 어쩔 수 없이 대답했어요.

"어머, 저도 모르게 그만……. 주인어른한테 혼날지도 모르는데… 그래도 할 수 없죠. 다 말씀드릴게요. 사모님이 오시기 대엿새 전까지도 이 집에 계셨던 분인데 아마 주인어른이 학창 시절 하숙했던 집의 따님이었을 거예요."

저는 점심 때 심부름 왔던 아이와도 관련이 있을 거라 생각했지만 내색은 하지 않았어요.

"그래, 그랬구나."

일부러 아무렇지도 않은 듯 무심하게 말했지만 기분이 상했습니다.

'정말 몹쓸 짓을 하고 다니는 사람이구나. 그런 부인이 있다면 나와 혼인을 하지 말았어야지. 그리고 내가 이 집에 있는데 그런 짓을 하는 게 말이 돼?'

물론 이런 생각을 드러낼 수 없었으니 마음속에만 담아 두었지요. 그렇게 시간이 흘러갔습니다. 그 뒤로도 3월에서 4월 그리고 5월, 남편의 외출은 점점 더 잦아졌고 심지어 사나흘씩이나 집에 들어오지 않을 때도 있었습니다. 처음엔 저도 이틀이고 사흘이고 잠도 자지 않고 기다렸지만, 나중에는 신경 쓰지 않고 그냥 잠자리에 들기도 했어요. 하지만 남편은 꼭 그런 날에만 밤늦게 들어오는 거예요. 문을 두드리는 소리에 서둘러 문을 열었더니 지독한 술 냄새를 풍기며 저를 노려보더라고요.

"뭐야, 아까부터 문이 부서지도록 두드렸는데 뭐 하는 거야? 왜 문을 안 열어? 옆집까지 다 들렸을 텐데. 남편을 문밖에 세워 두고 잠이 와? 아주 천하태평이구먼."

이렇게 화를 내는 거였어요. 그런 건 참을 수 있었지만 제가 참기 어려운 건 한밤중에 고래고래 소리를 질러서 하녀들을 깨우거나 남편이 늦게 들어와서 부부싸움을 한다고 사람들이 생각하는 거였어요. 그게 너무 창피했어요. 그런 얘기를 하면 남편은 더 잔소리를 퍼부었기 때문에 그냥 미안하다고 하고 잠을 청하는 일이 종종 있었습니다. 그럴 때마다 학창 시절이 떠올랐어요. 친했던 동급생들과 결혼 안 하고 혼자 사는 사람들 그리고 학교에 남아 있는 사람들의 소식을 들으면 눈물이 절로 났습니다.

'왜 나만 시집을 와서 이렇게 우울하게 살고 있는 건지.......'

아버지는 그 무렵 먼 곳에 계셨고 고향에는 어머니만 계셨습니다. 같은 여자라서 그런지 어머니는 제가 마음고생하는 걸 금세 눈치채셨어요.

"요즘 왜 이렇게 안색이 안 좋은 거야? 살이 많이 빠진 것 같기도 하고... 무슨 근심거리라도 있는 거니? 아버지가 계시면 뭐라도 도움이 되는 말을 해주셨을 텐데, 내가 해줄 수 있는 일이 별로 없구나. 암튼 몸조심하렴. 너무 마음 졸이지 말고."

어쩌다 친정에 갈 때면 이런 얘길 듣곤 했는데 그럴 때마다 서글픈 생각이 들었습니다. 그래도 울지 않으려고 애를 썼어요. 하지만 속마음을 알 수 없는 남편과 험담하기 좋아하는 하녀들 때문에 늘 신경이 곤두섰고 긴장을 풀 수가 없었어요.

"아뇨, 아무 일도 없어요. 무슨 걱정이 있겠어요."

입으로는 별일 없다고 말했지만, 그 말을 다 뱉기도 전에 눈물이 먼저 쏟아지는 거예요. 저는 손수건으로 몰래 눈물을 훔치고 아무렇지 않은 척 어머니 쪽을 바라봤는데 어머니의 눈도 이미 빨개져 있었습니다. 그런 일이 몇 번이나 반복되었어요. 그 일 때문은 아니겠지만, 평소에 몸이 약하신 어머니는 결국 병상에 눕게 되었지요. 그리고 얼마 되지 않아 가을 아침의 이슬처럼 허무하게 세상을 떠나셨습니다. 제가 열아홉 살 되던 해였어요. 그때의 심정은 말로 다 표현할 수 없을 정도였지요. 제가 빨리 결혼해야 어머니 마음이 놓이실 것 같아서, 걱정하시는 어머니를 안심시키기 위해 내키지 않는 결혼을 했던 겁니다. 내 결혼 때문에 어머니가 돌아가신 건 아닌지 생각하면 할수록 가슴이 찢어질 것 같아요. 이 모든 게 제 잘못일지도 모릅니다.

결국 비참한 결혼 생활이 2년 동안 계속되었습니다. 그래서인지 저는 결혼하고 2~3년 동안 그 어느 때보다 여성 문제에 많은 관심을 갖게 되었어요. 마침 그 무렵은 여권 운동이 막 시작되면서, 불행하고 비참한 삶을 여자의 운명으로 받아들여선 안 된다는 주장이 일본 사회에서도 일고 있었습니다. 제가 늘 하고 싶던 일이라, 집안일로 바쁜 와중에도 시간을 내서 신간 서적이나 여성 관련 잡지 등은 꾸준히 읽었습니다. 그 덕분에 예전과는 달리 서양의 여권 운동이 제 의식 속에 깊숙이 박혔습니다. 이제는 일본 여성들도 누구에게나 공평하게 부여된 행복을 누릴 권리가 있다고 생각합니다. 저는 우울함을 치유하기 위해서 그리고 세상 모든 불행한 여성의 삶을 바꿔야 한다는 의무감으로 사회적인 발언도 하게 되었지요. 그러면서 제 사고방식도 많이 달라졌습니다. 전에는 유교의 영향으로 무슨 일이든 그저 참으면 된다고 생각하면서 제 행복마저 포기해 버렸어요. 하지만 이제는 그런 소극적인 사고방식에 만족할 수 없습니다.

제 불행은 그렇다고 쳐도 남편의 행동은 반드시 바로잡고 싶었어요. 남자로서 부끄럽지 않은 사람이 되기를 바라는 마음에 진심 어린 대화를 몇 차례 나눠 봤습니다. 하지만 저보다 훨씬 나이도 많고, 모든 면에서 경험이 많은 남편은 제 말에 귀를 기울여 주지 않았습니다. 나중에는 무슨 말만 꺼내도 여자가 뭘 안다고 잘난 척하냐며 말을 딱 잘라 버렸어요. 이게 다 제 진심이 부족했던 탓이겠지요. 어쩌면 남편한테는 제가 그 정도밖에 안 되는 존재였는지도 모릅니다. 저는 모니카*만큼의 힘은 없지만 조금이라도 남편한테 존중받고 싶었습니다. 그래서 안타까운 마음이 들었지요. 한번 찢어진 천은 수선하기 어렵고 깨진 구슬도 원래대로 되돌리기 힘든 법입니다. 이런저런 사정으로 제 생각을 남편한테 전달하기는 어려웠습니다. 남편과 같이 있으면 계속 부딪혔기 때문에 함께 지내는 건 서로를 위해서도 좋지 않았어요. 그래서 결국 헤어지기로 결심한 겁니다. 그리고 저는 오직 사회를 위해서 일하기로 마음먹었어요. 그런 의지를

---

* 가톨릭의 성녀.

담아서 이 반지의 알을 빼버린 겁니다. 중국의 구천*에 비할 순 없겠지만, 아침저녁으로 반지를 바라보면서 알이 빠진 반지의 무게가 결코 가볍지 않다는 걸 느꼈지요. 불편한 장작더미에 몸을 눕힌다든지 쓸개를 맛보지는 않더라도 이 반지의 의미를 되새기며 가엾은 소녀들을 꼭 지킬 겁니다. 그리고 반지의 알처럼 관계가 깨진 수많은 여성이 저와 같은 전철을 밟지 않도록 돕고 싶습니다.

다행히도 지금은 결혼법도 개정되었고 세상에는 훌륭한 부부들도 많이 있습니다. 그들을 보면서 '어쩌면 저렇게 남편한테 사랑받을 수 있을까?', '왜 나는 남편을 사랑할 수 없었을까?' 하고 한탄했습니다.

다행히도 아버지는 아직 건강하시고 이제는 저를 가엾게 여기십니다.

"늙은 사람이 이래라저래라 괜히 간섭해서 앞날이 창창한 나뭇가지를 꺾어 버렸구나."

이런 말씀도 해주시고 편지로 자주 위로해 주십니다.

---

* 월나라의 왕. 오나라 부차에 패하고 쓸개를 맛보며 치욕을 잊지 않았다는 와신상담의 주인공.

그리고 지금은 오히려 제가 하는 일에 칭찬과 격려를 아끼지 않으시니 그 기쁨은 이루 말할 수 없지요. 괴로운 와중에 행복한 나날을 보내고 있는 셈입니다. 그저 한 가지 바람이 있다면, 반지를 사준 사람이 이 깨진 반지를 원래의 모습으로 되돌려주는 것뿐이에요. 하지만 지금으로써는 그게……

작품 소개

깨진 반지
(こわれ指輪)

「깨진 반지」는 1891년 1월 2일 ≪여학잡지≫ 246호의 부록으로 발표되었다. 당시 ≪여학잡지≫의 발행 부수가 만 부 정도였는데 「깨진 반지」는 증쇄해서 이만 부 가까이 발행했다고 한다.

시미즈 시킹은 1885년 17세에 결혼을 하고 4년 뒤 이혼했는데 그러한 과정이 이 소설에 반영되었다. 일본 최초의 페미니즘 소설로 알려진 「깨진 반지」는 모리 오가이를 비롯해 많은 문학가로부터 높은 평가를 받고 있다.

「깨진 반지」는 1인칭 시점의 소설로 한 여자가 고백하는 듯한 문체로 전개된다. 주인공인 '나'는 어머니의 모습을 통해 여자의 일생이 고달프다는 것을 깨닫고 결혼하지 않겠다고 마음을 먹는다. 하지만 교육을 받았더라도 부모의 강요에서 벗어날 수 없었던 그녀는 결혼하고 순탄하지 않은 결혼 생활을 보내게 된다. 결국 결혼은 파경을 맞이하였고 자신의 그런 삶을 깨진 반지에 비유하며 이혼 후에도 계속 깨진 반지를 끼고 다닌다는 이야기다.

그 당시는 여자가 결혼하지 않고 사회적 활동을 하기가 어려운 시대였을 것이다. 그리고 합의 이혼도 쉬운 일이 아니었다. 이혼으로 인해 여성은 많은 비난과 모욕의 대상이 되고 본인한테도 후회와 분노가 남을 수 있다. 작가는 자신의 그런 체험을 그저 단순히 개인적인 일로 끝내지 않고 공론화하면서 문제의식을 제기했다. 그리고 독자와 공유하며 사회적이고 현실적인 문제로 인식하게 만든 것이다. 더 나아가 자신과 같은 처지에 있는 여성들을 위로하며 똑같은 전철을 밟지 않도록 충고하기도 한다.

작가 소개

시미즈 시킹
(清水紫琴 1868~1933)

    오카야마에서 태어나 교토에서 자란 시미즈 시킹은 교토후리쓰 다이이치고등여학교를 졸업하였다. 그녀는 결혼하기보다 교사로 살고 싶었지만 부모의 강요로 결혼했다고 한다. 하지만 남편에게는 다른 여성이 있었고 결혼한 후에도 그 관계가 계속되고 있다는 사실을 알게 되어 결국 4년 뒤 이혼한다. 그 후 여권 운동에 눈을 뜨게 된 시미즈 시킹은 ≪여학잡지≫의 기자로 활동하였다. 그리고 「깨진 반지」로 문단에 등장하게 된다. 그 후 그녀는 고자이 요시나오와 재혼하여 대등한 부부관계를 지속했다.

일본 최초의 페미니즘 소설인 「깨진 반지」 외에도 시미즈 시킹의 대표적인 작품으로 「한 청년의 기이한 회상」, 「누가 죄」(『세계의 일본』 1897), 「이민학원」(『문예구락부』 1899) 등 사회성이 담긴 작품이 많다.

새해에는

오카모토 가노코 지음
안영신 옮김

● ● ●

 연말 보너스를 챙긴 가나에는 퇴근 준비를 하고 있었다. 남자 사원들도 마음이 들떠 평소보다 시끌벅적하게 4층 계단을 뛰어 내려갔다. 가나에는 동료 여사원 두 명과 유니폼을 갈아입고 복도로 나왔다. 한 남자가 복도에서 어슬렁거리는 게 눈에 띄었다. 뭔가 거동이 수상해 보였지만 별생각 없이 계단 쪽으로 몇 걸음 걸어갔다. 그때였다. 그가 재빨리 가나에 앞으로 다가오더니 느닷없이 그녀의 왼쪽 뺨을 때렸다.
 "앗!"
 몸이 뒤로 젖혀진 가나에는 오른쪽으로 비틀거렸다.

눈 깜짝할 사이에 일어난 일이라 아키코와 이소코도 눈이 휘둥그레져서 그 광경을 지켜보고만 있었다. 순간 그는 몸을 휙 돌리더니 계단을 급히 뛰어 내려갔다.

"이봐요, 도지마 씨! 거기 서지 못해요?"

그 남자의 이름을 기억해 낸 아키코가 계단 위에서 소리쳤다. 이해할 수 없는 행동에 화가 치밀어 오른 아키코와 이소코는 어떻게든 빨리 수습해야 한다는 조바심에 걱정스러운 눈빛으로 가나에를 흘끗 쳐다보았다. 뺨을 감싼 채 꼼짝 않고 서 있는 그녀의 모습을 확인한 두 사람은 다급하게 도지마의 뒤를 쫓아 계단을 뛰어 내려갔다.

하지만 그는 이미 저 아래 1층 난간으로 미끄러지듯 내려가고 있었다. 어차피 따라잡기 틀렸다고 판단한 아키코와 이소코는 분을 참지 못해 씩씩대며 가나에한테 돌아왔다.

"이게 무슨 짓이야. 기가 막혀서 정말."

"못 잡았지? 괜찮아. 내일 과장님한테 얘기할 거니까...... 절대로 용서하지 않을 거야!"

가나에는 입술에 경련을 일으키며 원망스러운 듯 중얼거렸다. 살짝 부어오른 불그스름한 왼쪽 뺨이 눈물로 반짝였다.

"그래, 근데 왜 이런 짓을 했을까. 둘 사이에 무슨 일이 있었던 건 아니지?"

그렇게 묻고 나서 이소코는 아차 싶었다. 가나에와 아키코도 불쾌한 표정으로 눈을 치켜떴다. 곧바로 가나에가 이소코를 쏘아보면서 말했다.

"당연히 없지. 지난주에 과장님이 그러셨잖아. 남자 사원들과 쓸데없이 얘기하지 말라고. 그래서 그 사람 말에 대꾸를 안 한 적이 있긴 해. 근데 그게 전부야."

"그럼 아주 혼쭐을 내줘야 해! 나도 힘을 보탤게."

이소코는 자신의 경솔했던 말을 만회라도 하듯 힘주어 말했다.

"과장님이 지금 회사에 계시면 좋을 텐데 아까 점심시간 지나고 나가셨어."

아키코는 부어 있는 가나에의 왼쪽 뺨을 당장 과장님께 보여 주고 싶었다.

"그럼 내일 의논하기로 하고 이제 그만 가자. 좀 멀리 돌아가야겠지만 내가 가나에 집 방향으로 같이 갈게."

가나에는 아오야마에 사는 아키코와 함께 전차에 올랐다. 그런데 맞은 왼쪽 뺨이 조금 저릿하더니 편두통으로 바뀌었다. 왼쪽 눈에서 눈물이 계속 흘러 고개도 들지 못하고 아키코와 이야기도 할 수 없었다.

다음날 아침, 가나에가 아침밥을 먹고 있는데 아키코가 찾아왔다.
"어쨌든 다행이야. 자국이 남지 않아서."
아키코가 얼굴을 유심히 살펴보더니 위로의 말을 건넸다. 하지만 가나에는 아직 분이 풀리지 않은 상태였다.
"어젯밤엔 얼마나 억울하고 머리가 아픈지 잠도 거의 못 잤어."
두 사람은 전차를 탔다. 가나에는 오늘 과장님 앞에서 도지마와 실랑이를 벌일 생각을 하니 몸이 떨려 와서 마음을 가라앉히려고 창밖을 바라보고 있었다.
이소코는 회사에서 가나에를 기다리고 있었다. 그녀는 남자 사원들이 일하는 사무실에 몇 번이나 찾아가 도지마가 출근했는지 살펴보았다.
"벌써 10시인데 도지마가 아직 안 오네."
이소코가 초조한 듯 입술을 삐죽거리며 가나에한테 말했다. 그 얘길 듣고 아키코가 귀띔해 주었다.
"지금 과장님 계실 때 얘기하는 게 어때? 어디 외출이라도 하시면 곤란하잖아."

 두 사람의 이야기를 듣고 가나에는 마음을 가다듬으며 어떻게 할지 생각했다. 결정을 내리고 과장님 방으로 들어간 가나에는 뜻밖의 이야기를 듣게 되었다. 도지마가 어젯밤 속달로 사직서를 보내왔다는 것이다. 과장님이 책상 위에 있는 서류를 보여 주었다.

 "그렇게 안 봤는데 정말 비열하기 짝이 없는 사람이로군. 보너스까지 다 챙기고서 회사를 그만두다니 말이야. 주소도 '현재 이전 중'이라고 적혀 있는 걸 보면 처음부터 아예 도망칠 작정이었어. 자네도 이렇게 당하고 그냥 넘어갈 수 없지 않겠나. 따끔하게 혼을 내줘야지. 여기저기 알아보면 어디로 이사했는지 금방 알 수 있겠지."

 가까이 다가앉은 과장님은 이미 붓기가 가라앉은 가나에의 왼쪽 뺨을 쳐다보며 말했다.

 "자국이 남지 않아 다행이군."

 "어떻게 할지 좀 더 생각해 보고 말씀드릴게요."

 그렇게 말하고 일단 과장님 방을 나온 가나에는 아키코와 이소코에게 도지마가 회사를 그만두었다는 사실을 알려 주었다.

 "어휴, 억울해서 어떡하지."

이소코는 냅다 바닥을 발로 차더니 사내처럼 주먹을 불끈 쥐고 테이블을 내리쳤다.

"아주 계획적이었어. 우리한테 무슨 원한이라도 있나? 아니면 회사에 불만이 있든지. 그래서 너한테 화풀이를 한 건지도 몰라."

아키코도 얼굴을 잔뜩 찡그리고 가나에 쪽으로 다가와 한 마디 했다.

화가 나서 어쩔 줄 몰라 하는 두 사람과 달리 가나에는 의자에 털썩 주저앉아 한숨을 내쉬었다. 이젠 당한 걸 되돌려주기도 힘들어졌다는 생각에 가슴이 답답했다.

점심시간이 되었지만 가나에는 아키코가 따라 준 차 한 잔만 마셨을 뿐 집에서 싸온 도시락은 먹지도 않았다.

"어쩔 생각이야?"

아키코가 걱정스럽게 묻자 가나에는 힘없이 일어났다.

"도지마가 일하던 사무실에 가서 주변 사람들에게 좀 물어봐야겠어."

척식 회사의 넓은 사무실에는 책상이 어지럽게 놓여 있고 막 귀항한 선박에서 밀려든 보고서가 산더미처럼 쌓여 있었다. 난로 열기 때문에 서른 명이 넘는 남자 사원들은 하나같이 겉옷을 벗고 있었다. 셔츠 소매를 접어 올린 채 한해를 마감하는 서류와 장부를 검토하느라 분주한 모습이었다. 가나에는 그 사이를 통과해서 도지마가 일하던 자리로 갔다. 그 오른쪽이 도지마와 자주 어울리던 야마기시라는 청년의 자리였다.

가나에는 곧바로 그에게 물었다.

"도지마 씨가 회사를 그만두었다고 하던데요."

"아, 그래요? 어쩐지 오늘 출근을 안 하더라니. 예전부터 그만둘 거라고 했어요. 시나가와 쪽에 괜찮은 전기 회사가 있는데 거기로 갈 거라고."

그 얘길 듣고 다른 직원이 끼어들었다.

"어? 정말이야? 잘했네. 그 친구는 머리가 좋아서 뭐든지 분명하고 똑 부러지는 데가 있단 말이야."

"그래. 여기처럼 군수품만 취급하는 회사도 아니고. 전쟁이 끝나면 금방 불황에 빠질 수도 있는 회사는 전망이 없다고 했어."

야마기시는 주변에 들으라는 듯이 말했다. 그도 회사에 불만을 갖고 있는 것 같았다.

"그 사람, 어디로 이사 갔어요?"

가나에는 넌지시 도지마의 주소를 알아내려고 했다.

하지만 야마기시는 어리둥절한 표정으로 가나에의 얼굴을 쳐다보았다. 그러더니 히죽히죽 웃으며 말했다.

"이런. 도지마의 주소가 알고 싶은 거였군. 그럼 나한테 한잔 사야 하는 거 아닌가?"

"아니, 그게 아니라 당신이 그 사람 친구니까 알고 있을 거 같아서 묻는 거예요."

가나에는 먼저 두 사람의 관계를 알고 싶었다.

"친구는 아니고 긴자에 한잔하러 가서 같이 밤늦게까지 놀았던 적은 있죠."

"그럼 새로 이사한 곳을 알고 있겠네요."

"이사한 곳이라니. 점점 더 수상하네. 도대체 무슨 일이에요?"

가나에는 어제 있었던 일을 알리지 않으면 자신의 의도를 오해할 거라고 판단했다.

"도지마 씨가 회사를 그만뒀는데도 계속 친하게 지낼 건가요? 그 대답을 들어야 말할 수 있어요."

"단단히 다짐을 받으시네. 그냥 가끔씩 한잔하던 사이였어요. 회사를 그만뒀으니 이젠 같이 다닐 일도 없을 테고. 하긴 긴자에서 우연히 만나면 인사 정도야 하겠지만."

"그렇다면 말할게요. 실은 어제 우리가 퇴근하는데 복도에서 기다리고 있던 도지마가 느닷없이 내 뺨을 세게 때리는 거예요. 눈물이 핑 돌 정도였어요."

가나에는 이제 '도지마 씨'라고 하지 않았다. 그리고 자신의 왼손으로 얼굴을 때리는 시늉을 하면서 눈을 감았는데 눈을 떴을 땐 양쪽 눈에 눈물이 글썽거렸다.

"아니, 그 녀석이?"

야마기시와 주변의 사원들이 의자에서 일어나 가나에를 둘러쌌다. 게다가 맞은 이유가 묻는 말에 대답을 안 했기 때문이라고 하자 평소 그녀가 얼마나 얌전한지 알고 있는 그들은 격분하기 시작했다.

"회사를 그만두고 다른 데로 옮기면서 여자를 때리고 나가다니. 이건 우리 회사의 위신을 떨어뜨리는 짓이야. 도지마랑 친한 야마기시 앞에서 말하긴 좀 그렇지만 이대로 넘어갈 일이 아니야."

사원들은 이구동성으로 말했다.

"무슨 소리야. 나도 용서할 수 없다고. 그 녀석은 긴자에 자주 나타나니까 마주치게 되면 내가 대신 패줘야겠군."

당황한 야마기시가 허공에 주먹을 흔들어 보였지만 사원들이 말을 가로막았다.

"그런 미적지근한 방법으론 안 돼. 도지마 집으로 쳐들어가는 게 어때?"

"그래서 그 사람이 어디로 이사했는지 알고 싶은 거예요. 과장님이 보여 주신 사직서에는 '현재 이전 중'이라고 되어 있어서."

가나에는 야마기시와 의논하고 싶었다.

"그래요? 시나가와에 있는 회사로 옮기면서 그쪽으로 이사한다는 얘길 듣긴 했지만 어딘지는 몰라요. 하지만 방법이 있긴 해요. 10시가 넘으면 술집이고 카페고 모조리 손님을 내쫓으니까 그때쯤 긴자의...... 그러니까 서쪽 뒷골목을 이삼일 뒤지다 보면 그 녀석을 잡을 수 있을 거예요."

야마기시의 확신에 찬 말투에 가나에가 대답했다.

"그래요? 그럼 긴자에 가볼게요. 도지마한테 고자질 같은 거 하면 안 돼요."

"이봐요. 내가 그런 사람으로 보여요? 당신이 당한 걸 되갚아 주겠다면 작은 힘이나마 보탤 생각이라고요."

야마기시의 제안에 다른 사원들도 마치 사토 가나에가 복수전을 펼치러 나서는 씩씩한 여전사라도 되는 것처럼 그녀를 부추겼다.

새해에는

"우리도 긴자 거리를 다닐 때는 잘 살펴봐야겠어. 가나에 씨, 힘내요!"

12월 밤, 돌풍이 일으키는 뿌연 먼지 때문에 긴자 거리를 오가는 사람들이 깜짝 놀라곤 했다.

가나에는 목에 둘렀던 스카프를 끄집어내서 얼굴을 가렸다. 그러면서도 그 사이에 도지마가 지나갈까 봐 얼른 스카프를 내리고 재빨리 주변을 살폈다. 오늘밤도 아키코가 와줘서 긴자의 큰길을 따라 뒷골목을 함께 돌아다녔다.

"열흘이나 돌아다녔더니 좀 지치긴 하네."

가나에가 한숨을 쉬며 솔직하게 이야기하자 아키코도 그제야 속내를 털어놓았다.

"요즘은 말이야. 혼잡한 곳에서 사람들 얼굴을 하나하나 확인하면서 돌아다니다 보니 눈앞이 빙빙 도는 느낌이야. 머리도 띵하고 잠자리에 누우면 천장이 기울어진 것 같고 속이 울렁거릴 때도 있어."

"미안해."

"아냐. 차차 익숙해지겠지 뭐."

가나에는 말없이 다시 지나가는 사람들을 주의 깊게

살피며 걸었다.

"나 말이야. 맞았을 땐 너무 분했는데 기억이 점점 희미해져서 이젠 매일 밤 피곤하게 긴자 거리를 돌아다니는 게 왠지 바보 같다는 생각이 들더라고. 게다가 전쟁 중인데....... 그래서 그냥 행인인 척하면서 지나가는 사람들을 쳐다보지 않으려고 했어. 그러다가도 방금 지나친 사람이 혹시 도지마가 아니었을까 하는 불안한 마음에 뒤돌아볼 수밖에 없는 거야. 도대체 이게 뭐하는 짓인지......."

"어머, 네가 그런 고민에 빠지면 안 되지."

"하지만 뺨 한 대 맞은 게 뭐 그리 대수인가 싶어. 여자가 이런 일로 남자를 혼내 주겠다고 벼르는 게 맞는 건지도 모르겠고."

"뭐야. 그게 너의 본심이야?"

"모르겠어. 그런 생각도 들고 마음이 복잡해. 회사 사람들이 아직 못 찾았냐고 계속 묻는 것도 좀 그렇고."

"그럼 나만 바보 되는 거잖아."

찌푸린 얼굴로 말을 하던 아키코는 도지마와 닮은 청년이 옆으로 지나가자 그쪽으로 황급히 고개를 돌렸다.

"뭘 그렇게 쳐다봐요?"

멈춰 선 청년이 뭐라고 하자 아키코는 얼굴이 새빨개져 고개를 숙였다. 그러고는 계속 따라오는 청년 때문에 더는 도지마를 찾아다닐 수 없었다. 두 사람은 재빨리 남쪽으로 걸어서 긴자 7번지 뒷골목까지 왔다. 그때 주차장 뒤쪽에서 택시 한 대가 움직이기 시작했는데, 그 안에 있는 승객의 옆모습이 그들의 눈에 들어왔다. 아무래도 도지마인 것 같았다. 두 팔을 내저으며 차를 뒤쫓아 갔지만 창문으로 승객의 모자만 보일 뿐이었다.

두 사람은 이제 곧 도지마를 찾을 수 있겠다는 희망을 안고 다시 어두워진 긴자의 밤거리를 누비고 다녔다. 전쟁 중이라 되도록 검소하게 연말을 보내려는 사람들의 절박함이 거리를 가득 메우고 있었다. 긴자 거리를 어슬렁거리는 사람이나 술 마시러 뒷골목을 돌아다니는 청년들에게서도 긴장감이 느껴졌다.

그런 사람들을 헤치고 도지마를 찾아다니느라 가나에와 아키코는 몸과 마음이 한층 더 피곤했다.

이렇게 바쁜 연말엔 저녁때라도 집안일을 도와줘야 하지 않겠냐는 어머니의 푸념에 그제야 두 사람은 아직 그 일을 어머니에게 털어놓지 않았다는 걸 깨달았다. 하지만 보복을 하러 나간다고 하면 뭐라 하실 게 뻔했기 때문에 입을 열지 않았다.

"올해도 나흘밖에 안 남았으니까 그동안만이라도 자제하고 집에 있는 게 좋겠어."

두 사람은 어쩔 수 없이 집에서 새해맞이 준비를 도왔다. 새해에는 도지마를 찾아서 반드시 되갚아 주겠다는 각오가 더해져 긴장감이 느껴졌다.

드디어 새해 첫날이 밝았고 가나에는 아키코를 기다렸다. 하지만 1월 3일 밤이 되어도 그녀는 오지 않았다. 가나에는 자신의 일이니까 당연히 먼저 가야한다는 걸 깨닫고 혼자 쓴웃음을 지었다. 도지마를 찾으러 붐비는 긴자에 나갈 땐 기모노 차림이 불편해서 가나에는 항상 출근할 때처럼 회색 양장에다 감색 외투를 입고 나갔었다. 그런데 새해가 되었고 아직 몇 번 안 가본 아키코의 집에 가는 거라 공들여 화장을 했다. 여학교를 졸업하고 2년 동안 입지 않았던 기모노를 입고 금박무늬 오비를 가슴 부근까지 올려 맸다. 익숙하지 않은 기모노를 차려 입은 데다 며칠 쉬어서 느슨해졌던 마음에 기대감이 차올라서 흥분되고 숨이 가빠졌다. 모직 코트를 입고 집을 나섰다. 1월 날씨치고는 드물게 포근한 밤이었다.

아오야마의 아키코 집에 도착하자 그녀도 서둘러 기모노를 차려입고 긴자로 가는 버스에 함께 올랐다.

"나 말이야. 정월 초부터 재촉하는 게 좀 그래서 조용히 있었어. 그리고 정초에는 긴자의 가게들도 일찍 문을 닫고 술 마시러 돌아다니는 사람도 별로 없을 거 같았고."

아키코가 변명을 했다.

"나도 그렇게 생각했어. 정초부터 너를 이런 일에 끌어들이면 안 될 거 같았어. 하지만 이제 새해가 되었으니 편한 마음으로 긴자 거리를 산책하고 싶더라. 그래서 이렇게 입고 온 거야. 오늘은 여유롭게 좀 걷다가 스에히로나 올림픽에 가서 두툼한 스테이크라도 먹을까?"

가나에의 마음가짐이 집을 나설 때와는 조금 달라져 있었다.

"어머, 그것도 괜찮겠다. 화려한 기모노와 스테이크는 조금 안 어울리지만."

"호호호호."

두 사람은 환하게 웃었다.

긴자 거리에는 벌써 문을 닫은 가게도 있었다. 오가는 사람들도 적은 편이라 걷기도 편했다. 게다가 노점상이

나오지 않아서 길 건너편에서 걸어가는 사람까지 훤히 보였다. 둘은 일단 오와리초에서 걷기 시작했는데 눈 깜짝할 사이에 긴자 7번지 다리 부근까지 와버렸다. 맥이 빠지는 기분이었다.

"어떡할까? 길을 건너서 교바시 쪽에 있는 올림픽에 갈까? 아니면 우리가 매일 도지마를 찾으러 다녔던 여기 서쪽 뒷길로 가서 스에히로에 갈까?"

가나에가 아키코에게 물었다.

"글쎄. 습관이 돼서 그런지 이쪽 뒷골목으로 가는 게 편해서……"

아키코의 말이 끝나기도 전에 두 사람은 이미 그쪽으로 발걸음을 돌리고 있었다.

"아, 저기였어. 지난번에 도지마 비슷한 남자가 택시를 탔던 데가."

아키코가 기억났다는 듯이 손가락으로 가리켰다. 금세 표정이 굳어진 두 사람은 오와리초 쪽으로 되돌아가기 시작했다. 어느샌가 이들의 눈은 좌우를 빈틈없이 살피고 있었고 발걸음에도 힘이 들어가 있었다.

시세이도 뒷골목 사거리까지 왔을 때 술에 취한 남자 다섯 명이 나란히 어깨동무를 하고 근처 카페에서 나왔다. 비틀거리면서 원을 그리듯 가나에 일행 앞쪽으로 나오더니 서로 어깨를 툭툭 치면서 걷기 시작했다.

"잠깐. 도지마 아냐? 저기 오른쪽에서 두 번째."

아키코가 가나에의 팔을 붙잡으며 날카로운 목소리로 말했다. 가나에는 곧장 앞장서더니 사냥감을 뒤쫓듯이 남자들의 뒤를 바싹 따라갔다.

'다들 가버리고 제발 도지마 혼자만 남았으면……'

가나에는 초조한 마음에 속이 타들어 갔고 도지마가 자신들을 알아봤을지도 궁금했다. 그러고 보니 그가 유난히 고개를 푹 숙이고 있는 것도 수상했다. 두 사람은 계속 한 발 한 발 뒤를 밟았다. 그때 갑자기 도지마가 뒤를 돌아보았다.

"도지마 씨, 잠깐만요! 할 말이 있어요."

가나에는 곧바로 도지마의 외투 뒷덜미를 움켜잡고 끌어당겼다. 아키코도 가세하여 외투를 꽉 쥐고 힘껏 버텼다. 당황한 도지마는 고개를 돌리고 빠져나가려고 했지만 여자 둘이 혼신의 힘을 다해 붙잡는 걸 당해 낼 수가 없었다. 일행은 도지마를 중심으로 V자 모양으로 꺾어졌다.

"우와, 도지마! 여자들한테 인기가 많네."

동료로 보이는 네 사람은 놀랍다는 얼굴로 어깨동무를 풀고서 가나에와 아키코를 둘러쌌다.

"아냐, 아무 일도 아니니까 먼저들 가."

도지마는 그렇게 말하고 두 사람에게 뒷덜미를 붙잡힌 채 일행과 헤어져 서쪽 골목으로 들어갔다. 그는 작은 인쇄소 옆 인적이 드문 곳에서 멈춰 섰다. 도망치기라도 할까 봐 꽉 붙잡고 따라온 가나에는 필사적으로 손에 힘을 주고 있었다. 가슴에 맺힌 응어리가 복받쳐 올랐다.

"왜 날 때린 거예요? 대답 좀 안 했다고 때리는 법이 어디 있어요? 그것도 회사를 관두고 나가면서 사람을 때리다니 너무 비겁하잖아요!"

가나에는 눈물이 흘러 도지마의 얼굴도 보이지 않을 정도였다. 끓어오르던 울분이 가라앉기 시작하면서 그날 이후 비참했던 자신의 하루하루가 떠올랐다.

"정말이지, 이렇게 어이없는 일을 당하고도 그냥 참고 넘어갈 줄 알았어요? 과장님도 만나서 따지라고 했어요. 야마기시 씨도 가만두지 않겠다고 했고요. 자, 어떡할 거예요?"

도지마는 이상하게도 가만히 서 있기만 했다. 아키코

는 계속 가나에의 어깨를 밀면서 똑같이 때려 주라고 재촉했다. 그러나 학창 시절에도 친구들과 말다툼은 해봤어도 한 번도 누굴 때린 적이 없던 터라 손을 힘껏 치켜들고 남자의 얼굴을 때리기가 쉽지 않았다.

"너무하잖아요. 정말 너무해."

이 말만 반복하면서 억울한 감정을 쏟아냈다.

"당신이 때린 걸 나도 그대로 갚아줄 거야. 그래야 분이 풀릴 테니까."

가나에는 가까스로 남자의 뺨을 때렸다. 그러면서도 그의 표정이 어떻게 일그러졌는지 코피가 나지는 않았는지 벌써 걱정되기 시작했다. 남자의 진땀이 손바닥에 옅게 묻어난 걸 느끼며 가나에는 한 걸음 뒤로 물러섰다.

"실컷 때려. 이자까지 더해서."

아키코가 옆에서 부추겼지만 가나에는 더 이상 때릴 용기가 나지 않았다.

"어이구. 이런 구석으로 끌려온 거야?"

같이 있었던 일행 네 명이 뒤에서 다가왔다. 가나에는 재빨리 스키야바시 쪽으로 뛰다시피 해서 자리를 벗어났다.

"좀 더 혼쭐을 내줬어야 하는 건데."

아키코가 쫓아와서 함께 고생한 자신의 몫까지 때려 주지 못한 게 아쉽다며 불만스럽게 말했다.

"하지만 난 이자는 받지 않을 거야. 뒤탈이 생기면 귀찮으니까. 이제 마음이 후련해졌어. 이게 다 네 덕분이야. 정말 고마워!"

격식을 차린 말투로 가나에가 고개를 숙였기 때문에 아키코도 기분이 풀려 축하한다고 말했다.

"맞다! 스테이크 먹기로 했었지. 축배를 들어야지. 오늘은 내가 한턱낼게!"

두 사람은 스에히로 쪽으로 향했다.

1월 6일부터 출근이 시작되었다. 설 연휴의 들뜬 기분이 가라앉지 않은 상태에서 가나에가 복수에 성공했다는 소식을 전해 들은 사원들이 통쾌하다고 외치며 몰려들었다.

"아니, 다들 뭐하는 건가?"

막 출근한 과장이 이 광경을 보고 못마땅한 얼굴로 꾸짖었다. 하지만 곧바로 사정 얘기를 듣고서는 웃으면서 직원들을 비집고 가나에의 자리로 가서 축하해 주었다.

"결국 해냈군. 그렇게 벼르던 설욕전이었는데."

가나에는 사람들에게 한껏 칭찬을 받았지만 도지마를 때리던 순간의 후련한 기분은 이미 사라지고 없었다. 지금은 주위 사람들이 이러쿵저러쿵하는 게 오히려 자신을 여자답지 못하다고 흉보는 것 같아서 기분이 좋지 않았다.

퇴근하고 집으로 돌아온 가나에는 우두커니 앉아 밤을 지새웠다. 이젠 긴자에 나갈 일도 없어졌고 그럴 마음도 생기지 않았다. 물론 아키코도 같이 가자고 하지 않았다. 바깥은 여전히 겨울답지 않게 날씨가 포근했고 눈 대신 비가 내리고 있었다. 가나에는 거실 구석에 앉아 눈앞의 산다화 나무에 비가 내리쏟아지는 걸 바라보았다. 옛날 사람들은 원수를 갚고 나서 어떻게 지냈을까 생각했다. 그리고 자신의 하찮은 앙갚음 따위와 비교하는 게 바보 같다는 생각마저 들었다.

1월 10일, 회사에 출근했더니 가나에 앞으로 편지가 와 있었다. 급사 아이가 가지고 온 편지 봉투에는 '어느 남자로부터'라고만 적혀 있었다. 가나에가 의아해하며 열어 보니 뜻밖에도 도지마가 보낸 것이었다.

이 편지는 지금까지의 일들에 대해 밝히고자 쓰는 것입니다. 제 입으로 말하긴 좀 뭐하지만 저는 사리 분별이 분명한 편입니다. 그 회사의 미래가 불투명해서 저는 발전 가능성이 있는 지금의 회사로 옮기기로 마음먹었습니다. 하지만 회사를 떠나면서 마음에 걸리는 게 한 가지 있었는데 그건 당신을 향한 제 마음이었습니다. 회사를 그만두면 이제 더 이상 만날 일이 없을 테니 어떻게든 그 전에 제 마음을 전하고 싶어서 애가 탔습니다. 그런데 저는 여자에게 감정을 잘 표현하지 못하는 성격입니다. 머뭇거리다 보니 어느새 보너스를 받고 회사를 떠나는 마지막 날이 되어 버린 겁니다. 결국 말 한마디 못 꺼내고 이렇게 끝나 버리는 건가. 굳게 마음먹고 고백을 했다가 거절당하면 어떡하나. 그렇게 되면 저는 아쉬운 마음으로 물러날 테고 당신은 나 같은 사람 따윈 금방 잊어버릴 거라고 생각했습니다. 차라리 싸움이라도 해볼까. 그러면 당신이 나를 미워하는 마음에 오랫동안 잊지 못할 수도 있고, 완전히 끝났다는 생각에 저도 마음을 접을 수 있을 테니까요. 마음이 급해지자 별의별 생각이 다 들었습니다. 어떻게 해야 할지 몰라 헤매다가 그만 정신이 나가 버렸는지 그날 당신을 때리고 말았습니다. 하지만 여자를, 그것도 남몰래 짝사랑하던 아름다운 여자를 난폭하게 때린 건 저 자신도 용납할 수 없었습니다. 항상 그 일이 마음속에 찜찜하게 남았습니다. 그래서 한시라도 빨리 편지를 보내 사과하려고 했지만, 그 역시 제 마음의 짐을 덜겠다는 이기적인 행동 같아서 그만두었습니다. 지난번 긴자에서 저를 때리셨을 때, 그걸로 당신의 마음이 후련해졌을 거라 생각했습니다. 그때 어떻게라도 변명이든 사과든 해보려고 했지만 훼방꾼들이 나타나는 바람에 그마저도 하지 못했군요. 그래서 이렇게 편지로 해명을 하게 되었습니다.

부디 저를 용서해 주시기 바랍니다.

도지마 기요시

가나에는 남자의 감정이라는 게 이렇게 절박할 수도 있다는 사실이 놀라웠다. 도지마의 거친 열정이 자신의 몸을 덮쳐 오는 듯한 느낌이 들었다.

서로를 때렸던 도지마와 이대로 헤어져 버리는 건 조금 잔인하다는 생각이 들었다. 한 번 만나서 서로의 마음을 털어놓는다면…….

가나에는 도지마의 편지를 아키코에게 보여 주지 않

앉다. 퇴근하고 집에 돌아온 그녀는 그날 밤 혼자 긴자로 향했다. 다음 날도 그다음 날도 10시가 넘도록 긴자의 큰길부터 골목까지 몇 번이나 돌았지만 도지마의 모습은 끝내 보이지 않았다. 거리에는 1월의 찬바람이 점점 더 세차게 불고 있었다.

작품 소개
●●●

새해에는
(越年)

 중일전쟁 시기 해가 바뀔 무렵을 배경으로 하는 이 소설에는 마루노우치의 여성 회사원이 주인공으로 등장한다. 처음 발표된 문학잡지는 미상이다. 회사에서 발생한 사건을 둘러싼 이야기가 흥미롭게 펼쳐지는데 이 사건을 해결하는 과정에서 주인공 가나에가 느끼는 복수심과 이에 대한 후회 그리고 미련이 남는 미묘한 감정 등 심리적 변화가 그려진다.

 이 작품은 연말 보너스를 받고 퇴근하려던 가나에가 한 남자 사원으로부터 영문도 모른 채 느닷없이 뺨을 맞는 충격적인 장면으로 시작한다. 언젠가 그가 묻는 말에 대답을 하지 않았다는 이유로 어처구니없는 일을 당했다고 판단한 그녀는 복수심에 불타서 매일 밤 그를 찾아 긴자 거리를 헤매고 다닌다. 결국 도지마를 찾아내서 자신이 당한 걸 그대로 되갚아 주는 데 성공하지만, 이 소설은 거기에서 끝을 맺지 않는다.

주변 사람들의 축하에도 속이 후련하기는커녕 오히려 자신을 보고 여자답지 못하다고 수군대는 것 같아 그녀의 마음은 무겁기만 하다. 이러한 심경의 배경에는 '여자다움'을 여성 최대의 매력으로 여기며 여성이 '여자다움'을 잃고 남성화되는 것을 바람직하지 않게 여기던 당시의 사회 분위기가 자리하고 있다. 가나에의 복수는 순종, 수동성, 연약함, 부드러움 등 '여자다움'의 규범에서 벗어나 있었던 것이다.

폭력에 굴하지 않겠다는 투지는 점차 후회로 바뀌어 가고, 급기야 도지마의 편지를 받고 가나에의 마음은 예상치 못한 방향으로 흘러간다. 이해할 수 없었던 그의 행동이 결국 남몰래 짝사랑하던 상대에게 어떻게든 마음을 표현하고자 했던 고민의 결과라는 고백도 반전이지만, 한 번 만나서 서로의 마음을 털어놓길 바라며 미련을 내비치는 가나에의 심리 또한 이 소설의 반전 요소라고 할 수 있다. 당시 여성을 바라보는 사회적 시선에서 결코 자유롭지 못했던 여성의 내면적 갈등을 엿볼 수 있는 작품이다.

작가 소개
●●●

오카모토 가노코
(岡本かの子 1889~1939)

 1889년, 도쿄 대지주의 집안에서 태어난 오카모토 가노코는 어릴 때부터 고전과 한문의 소양을 기르며 시를 읊는 문학소녀였다. 16세에 ≪여자문단≫, ≪요미우리신문≫, 문예란 등에 와카를 투고하기 시작했고, 그 무렵 문학가였던 오빠 오누키 쇼센을 통해 다니자키 준이치로 등과 교류하며 영향을 받았다. 17세 때 요사노 아키코를 찾아가 ≪신시샤≫ 동인이 되고 ≪묘조≫, ≪스바루≫에 신체시와 와카를 발표한다.

 젊은 시절에 시인으로 활동했던 그녀는 이후 신란의 불교서 『단니쇼』를 통해 삶의 방향을 암시받아 불교 관련 에세이를 발표하며 불교연구가로 활약하기도 한다. 그리고 만년에 이르러 남편 오카모토 잇페이의 도움과 가와바타 야스나리의 지도로 소설가로 데뷔한다.

47세였던 1936년, 아쿠타가와 류노스케를 모델로 한 소설 「학은 병들어 있다」를 ≪문학계≫에 발표한 이후 「모자서정」, 「노기초」, 「생생유전」 등 대표작을 남긴다. 그녀는 짧은 기간 동안 순문학 집필에 힘을 기울이며 창작 활동을 하다가 50세에 뇌출혈로 사망하였다.

여자

미즈노 센코 지음
서홍 옮김

●●●

 "여자들은 정말 속을 알 수 없는 존재란 말이야. 약은 건지 모자란 건지 도대체 무슨 생각을 하는지 알 수가 없다니까. 법정 같은 데서도 이건 이래서 이렇다고 딱 잘라서 말하는 증인들 대부분은 여자거든. 남자들이라면 확실히 기억이 안 난다거나 잘 모르겠다고 대답할 텐데....... 여자들은 사사건건 확신을 가지고 진술을 한다니까. 그것도 아주 단정적으로 말이야. 그런 게 바로 증인의 폐해라고 할 수 있는데 특히 여자들이 그래. 그렇다고 그 증언이 사실이라는 보장도 없고."

 남편의 변호사는 이야기 끝에 결론처럼 이렇게 덧붙

였다. 그 이야기의 전말은 이러했다.

  예전에 그 변호사가 살던 항구 도시 부근에 부대가 주둔하고 있었는데, 그 부대의 한 중위의 아내가 엉뚱한 일로 문제를 일으켰다고 한다.

  남편이 당직 근무 중이라 저녁 식탁에는 아내 혼자였고, 식탁 위에는 낮에 먹다 남은 음식 몇 가지가 놓여 있었다. 차즈케[*]로 간단히 식사를 마친 아내는 일찌감치 문단속을 하고 잠자리에 들었다.

  남편 없이 홀로 잠을 청하는 게 허전한 데다 책임감 때문인지 자다가 문득 눈이 떠졌는데, 지친 듯한 전등 불빛이 무언가 경고라도 하듯 눈꺼풀을 찔렀다. 어둠에 둘러싸이는 것이 두려워 일부러 전등을 켜 놓고 잤던 것이다. 방 안 구석구석을 비춰 주는 환한 불빛에 마음을 놓고 있던 여자는 느닷없이 밀려드는 불안감에 가슴이 두근거려서 벌떡 일어나 방문을 열었다. 천장에 매달린 전등 줄을 당겨서 식탁 위를 살펴보니 밥공기랑 접시는 그대로였다. 그런데 이번 달 월급봉투가 보이지 않았다.

---

* 밥에 차를 부어 먹는 음식.

혹시나 해서 책장이랑 화장대 서랍, 반짇고리며 화로의 숯 넣는 곳, 벗어 놓은 옷의 소매 안까지 살펴보았지만 없었다.

물론 누군가 잠근 문을 부수고 들어와 훔쳐 갔을 거라고는 생각하지 않았다. 그럴 만한 수상한 점은 전혀 없었다. 곰곰이 되짚어 보니 돈 봉투를 식탁 위에 놓아둔 채 점심을 먹었던 기억이 떠올랐다. 그리고 목욕탕에 가면서 돈 봉투를 가져가는 건 위험하단 생각을 했던 것도 기억이 났다. 그러니 목욕탕에 안 가져간 건 확실한데, 문제는 그다음 기억이 흐릿하다는 거였다. 그대로 놓아둔 것도 같고, 어딘가에 잠깐 넣어 둔 것도 같아서 이리저리 기억을 더듬고 있었다.

"사모님, 아까 숯 장사가 왔었는데요."

그때 갑자기 낮에 왔던 관리인의 지저분한 얼굴이 떠올랐다. 그와 동시에 여자의 머릿속은 식탁 위에 월급봉투를 놓아두었다는 확신으로 가득 찼다.

생각보다 일이 커져 버렸다. 중위의 신고를 받은 경찰은 요즘 도난 사건이 자주 일어난다는 장교의 지적에 체면이 구겨져 어떻게든 범인을 잡으려고 고심했다. 그만큼 지방에서는 군인들의 기세가 대단했다. 곧바로 관리인이 용의자로 조사를 받았는데, 그날 자신의 집에 왔던 사람은 관리인 한 명뿐이라는 여자의 주장 때문이었다. 관리인은 친척의 일을 도와주러 갔다가 거기서 붙잡혔다. 조사 과정에서 품속에 있던 지저분한 줄무늬 지갑에서 반듯하게 접힌 20엔 정도의 지폐가 나왔다. 형편에 맞지 않는 현금을 지니고 있어서 혐의는 더욱 짙어졌다. 아무리 다그쳐 물어도 관리인은 그 돈의 출처를 끝내 밝히지 않았다. 돈을 훔쳤다는 혐의 역시 끝까지 부인했다. 어르고 달래도 자백하지 않았다. 이 자가 범인이 틀림없다는 의심이 들었지만, 딱히 증거를 찾을 수 없어서 경찰관은 결국 불법적인 고문을 시도했다. 방법은 간단했다. 주머니에 있던 연필을 사내의 손가락 사이에 끼우고서 있는 힘껏 손을 조인다. 별것 아닌 것 같아도 충격이 상당히 컸기 때문에 드문드문 새어 나가는 비명 소리가 근처에 사는 사람들의 잠을 깨웠다. 하지만 관리인은 눈물을 흘리며 이를 악문 채 절대 훔치지 않았다고 자신의 결백을 주장했다.

아침저녁으로 중위가 지나갈 때마다 허리춤에 찬 대

검이 덜커덕거렸고, 그때마다 마을 주민들은 곧바로 도난 사건을 떠올렸다. 아무도 관리인 사내가 범인이라고 믿지 않았다. 특히 고문에 반감을 품은 사람들이 적잖이 관리인을 동정하며 그에 대한 반감을 여자에게로 돌렸다. 비난의 소리도 높아졌다. 그래서인지 이삼일이 지나자 여자는 중위를 재촉해 이사 갈 준비를 했다.

이사하는 날 아침이었다. 거실의 자잘한 물건들을 정리하던 아내가 갑자기 큰 소리로 중위를 불렀다.

"여보! 여보! 어쩌죠? 여기서 돈 봉투가 나왔어요."

찬장 위의 쟁반을 들었더니 그 밑에 돈 봉투가 있었다고 한다.

"여보, 이건 일이 너무 커지니까 겁이 나서 누군가 혼잡한 틈을 타 여기에 슬쩍 두고 간 걸 거예요. 틀림없어요. 어쩜, 세상에······."

여자는 단정적으로 말했다.

사건은 이렇게 마무리되는 듯싶었지만, 고문을 했다는 사실이 문제가 되었다. 이 사건을 알게 된 항구 도시의 변호사들은 고문은 말도 안 되는 일이라며 위원 세 명을 파견해 조사하기로 했다. 변호사 세 명은 먼저 의사를 찾아가 의견을 듣고 고문으로 생긴 상처에 대한 진단서를 받았다. 그리고 관리인의 집을 찾아갔다. 지저분한 옷차림의 남자는 납작한 코에 귀도 어둡고, 지능도 조금 모자란 듯했다. 마흔 살 정도로 보이는 그는 말귀를 제대로 못 알아듣는 데다 옆에 가면 냄새도 날 것만 같았다. 한 번 의심을 받으면 좀체 혐의를 벗을 수 없을 것 같은 그런 사람이었다. 귀가 어두운 데다 지능도 모자라서 무슨 말을 하는지 알아듣기 어려웠지만, 일단 고문을 당한 건 확실했다. 뜸을 뜨다가 덧난 것처럼 손가락 사이가 무르고 부어 있었다. 하지만 그는 변호사들에게도 품속에 있던 돈의 출처를 밝히지 않았다.

경찰서에서는 서장 입회하에 고문을 했던 담당 경찰관을 조사하고 재판소에 제출할 신문 조서를 작성했다. 이어서 변호사들의 차는 마을 외곽으로 이사한 중위의 집으로 향했다.

여자는 막 외출하려던 참이었다. 번쩍거리는 차가 세 대나 집 앞에 멈추더니 멀끔한 양복 차림의 남자들이 내렸다. 그걸 본 여자는 살짝 열었던 문을 닫으며 무슨 일이 있나 하고 생각했다. 현관문이 열리고 한두 마디 주고받는 나직한 말소리와 발자국 소리가 그치더니 또렷한 목소리가 들렸다.

"실례합니다."

여자는 바닥을 짚고 무릎을 꿇은 채 살며시 현관문을 열었다. 여섯 개의 눈이 주시하는 가운데 큼지막한 세장의 명함을 받아든 여자는 곧바로 얼마 전의 그 일이 떠올라 가슴이 철렁했다. 명함마다 변호사라는 직함이 위협하듯이 찍혀 있었다.

무슨 일이 있었는지 이미 다 알고 있다는 듯이 막아선 변호사들의 눈에 희고 마른 체형의 앳돼 보이는 새색시 얼굴에서 긴장감이 사라지며 평정심을 찾아가는 것이 보였다.

"지난번 도난 사건과 관련하여 ○○변호사회에서 조사할 내용이 있어서 왔습니다. 좀 번거로우시겠지만 협조 부탁드립니다."

한 사람이 입을 열자 여자는 다른 사람이 더 말을 꺼내기 전에 대답했다.

"어머, 저런. 그러세요? 누추하지만 들어오세요. 이쪽으로."

"아니요, 부인! 오래 걸리지 않으니 여기서 얘기해도 됩니다."

다른 한 명이 말했다.

"실은 다름이 아니라......."

"하지만 여기는 좀......."

"아뇨, 괜찮습니다."

이 사람은 동료들 사이에서도 '근엄 씨'라는 별명으로 불릴 정도로 원리원칙에 충실한 남자였다. 순식간에 얼굴이 굳은 여자는 지방 여학교 출신인 듯 남들이 흔히 쓰지 않는 한자어를 섞어 가며 답변을 했다.

"그러니까 그날 댁에 드나든 사람은 관리인 외에는 없었다는 거죠? 그리고 부인은 목욕을 하러 가셨고."

"네."

"그럼 그 사이에 누가 들어왔을 수도 있겠군요?"

"물론 그렇죠."

"그리고 부인은 그 돈을 식탁 위에 놓아둔 채 나갔다는 거죠? 그렇죠? 그렇게 믿으시는 거죠?"

"네, 저로선 그렇게 믿을 수밖에 없어요."

"그런데, 부인!"

다른 변호사가 끼어들었다.

"목욕을 하실 때 그 돈에 대해 아무 생각도 안 하셨나요? 예를 들어 혹시 누가 훔쳐 가면 어쩌나 하는."

"네. 그게 말이죠, 목욕탕에 갖고 가는 건 위험하다고 생각해서 두고 갔어요."

"이상하군요. 목욕탕에 갖고 가는 게 위험하다면 아무도 없는 집에 두고 가는 건 더 위험하지 않을까요? 더구나 식탁 같은 데다 두는 건."

"그게... 깜빡하는 바람에......."

"위험을 느꼈는데 깜빡했다니 이해가 안 되는군요."

다른 한 명이 가만히 여자의 얼굴을 쳐다보며 말했다.

"어딘가에 넣어 두었던 거 아닌가요?"

"아뇨. 그랬다면 도둑맞지도 않았을 텐데 바보같이 깜빡하는 바람에......."

여자는 당황해서 얼버무렸다.

"깜빡한 건 제 실수니까요."

"허어, 그럼 역시 부인이 없을 때 누군가 훔치러 들어왔다는 거군요. 그런데 그 돈이 이사할 때 쟁반 아래서 나왔다죠?"

"네, 맞아요."

"그 쟁반은 매일 사용하시던 건가요?"

"네, 매일 쓰던 거예요. 그런데 이사하는 날 아침에 돈이 나온 걸 보면 아무래도 누가 훔쳐 갔다가 조사가 심해지니까 겁이 나서 몰래 갖다 둔 게 아닌가 싶어요. 이사하는 번잡한 틈을 타서…… 우리로선 그렇게 생각할 수밖에 없다고 말씀드렸어요."

"물론 부인이 식탁 위에 두었다고 주장하신다면 그렇게 생각할 수밖에 없겠죠."

'근엄 씨'는 둔한 듯하지만 예리한 눈으로 아무렇지 않은 척 애쓰는 여자의 얼굴을 주시하면서 말했다.

"그런데 금액은 얼마였나요?"

"10엔짜리 지폐가 다섯 장, 5엔짜리 일곱 장, 그리고 1엔짜리가 두 장이에요."

여자는 거침없이 대답했다.

"그렇군요. 전부 87엔이군요. 금액은 전혀 줄지 않았나요?"

"네, 그대로였어요."

"돈의 상태도 그대로였나요?"

"아, 그러고 보니 5엔짜리 지폐 한 장이 조금 더러워져 있었는데... 무슨 분홍색 얼룩 같은 게 묻어 있고 조금 구겨져 있었어요."

"그럼 훔친 사람이 5엔짜리만 사용하고 자기 것을 대신 넣어 두었다는 거네요?"

"꼭 그렇다고 할 순 없지만 아마도 그런 게 아닐까 싶어요. 모두 새 지폐였던 걸로 기억하거든요."

"아……. 네."

변호사들은 아무 말 없이 서로를 쳐다보았다.

'근엄 씨'는 잠시 후 미심쩍다는 듯 고개를 갸웃거리며 위엄이 있는 어조로 물었다.

"사모님! 당신은 처음부터 이사할 생각이었나요?"

바로 그때 여자의 표정이 살짝 흔들리는 게 보였다. 하지만 목소리와 태도는 조금도 흐트러지지 않았다.

"네, 전부터 이사하려고 했는데 마침 적당한 집이 나와서……."

그래서 결국 진실이 뭐냐는 질문에 남편의 변호사가 말했다.

"항구 도시에 어떤 남자 변호사가 있었는데, 그 동네에다 집을 지어 세를 놓으면서 그 관리인에게 관리를 맡겼나 봐. 그리고 겸사겸사 돈도 굴리게 했고. 그때 그 관리인 품에서 나온 돈이 바로 그 돈이었던 거지. 처음에 중위가 살던 집도 그중 하나라는군. 그런데 그 사람이 처음 그 일을 시작할 때, 남들이 알아서 좋을 건 없으니 아무한테도 말하지 말라는 얘길 들었던 모양이야. 그래서 돈의 출처를 절대 밝히지 않았던 거고. 덕분에 관리인만 험한 꼴을 당하고 말았지. 그러니까 진실 말인데…… 중위의 아내야 자기 말이 맞다고 계속 주장했지만, 그대로 믿을 수가 있어야 말이지. 우리 생각엔 아마도 목욕하러 갈 때 잠깐 쟁반 밑에 넣어 둔 것 같긴 한데. 아무도 신경 쓸 것 같지 않은 곳에 말이야. 여자들이 할 법한 일 아닌가. 하하하, 그래 놓고는 그걸 잊어버리고서 큰 소동을 일으킨 거지."

작품 소개
●●●

여자
(女)

「여자」는 미즈노 센코가 1920년 5월 ≪해방≫에 발표한 단편 소설로, 한 여자의 건망증으로 인해 엉뚱한 사람이 도둑 누명을 쓰고 고문까지 당하게 되면서 벌어지는 소동을 다룬 이야기이다. 주인공 여자는 그 소동이 자신의 건망증에서 비롯되었다는 것을 깨닫지만 진실을 고백하지 않고 거짓말로 그 상황을 그냥 어물쩍 넘기고 만다.

이야기의 결론에서 결국 진실이 뭐냐는 질문에 남자 변호사는 주인공 여자가 '아무도 신경 쓸 것 같지 않은 곳'에 돈 봉투를 넣어 둔 채 깜빡 잊고 소동을 일으킨 것 같다며, '여자들이 할 법한 일'이라는 평가를 한다. 작가인 미즈노 센코 역시 건망증 때문에 벌어진 이런 일련의 소동이 과연 여자들이 할 법한 일이라고 말하고 싶었던 걸까? 작가는 남자 혹은 여자도 가지고 있을지 모르는 여자에 대한 편견에 대해 문제의식을 가지고 주위를 환기시키고 싶었던 건 아닐까 하고 생각하게 된다. 자신의 실수를 인정하고 진실을 밝히는 건 결코 성별의 문제가 아닌 인간 본성의 문제가 아니냐고.

일상생활을 있는 그대로의 모습으로 그려 내는, 자연주의의 영향을 강하게 받으며 성장한 작가의 소설답다는 생각이 든다. 누구나 무심코 할 법한 작은 거짓말을 소재로 과연 인간이 자신의 실수를 인정하고 얼마나 정직해질 수 있는지, 인간의 본성을 적나라하게 들여다보게 하는 작품이다.

작가 소개
●●●

미즈노 센코
(水野仙子 1888~1919)

 후쿠오카현 출생으로 본명은 핫토리 테이이며, 수선화를 좋아해서 미즈노 센코라는 필명을 사용하게 되었다고 한다. 자연주의 문학이 가장 정점에 있던 1907년에 스무 살의 나이로 문학의 세계에 발을 내디뎠고, 자연주의의 영향을 가장 강하게 받으며 성장한 여성 작가로 평가된다.
 15세부터 ≪소녀계≫에 투고를 시작하였고, 20세에 ≪문장세계≫에 투고한 「헛수고」가 최우수작품으로 선정되며 작가의 길에 들어서게 되었다. 그녀는 당시 잡지의 주필이었던 다야마 가타이에게 인정받아 스물두 살에 그의 문하생이 되었다. 미즈노는 있는 그대로의 현실을 사실적으로 그리는 자연주의의 대표 작가인 다야마의 문학 세계를 누구보다 잘 이해했다. 스승 다야마는 "이것만은 무엇보다 확실하다. 내 일생에 나타난 수많은 여성 중에서 그녀가 가장 순수하고 진실되며 가장 올곧고 바른 이성이었다."라고 미즈노를 평가하였다. 스물세 살에 발표한 「사십여일」, 「딸」은 다야마의 영향을 받은 작품으로 알려져 있다.

그녀는 여류 작가로 활동하는 한편, ≪요미우리신문≫의 부인 기자로서도 활약했다. 28세에 지병으로 귀향한 뒤에는 편지로 아리시마 다케오로부터 사상적 영향을 받지만, 한 번도 만난 적은 없다고 한다.

미즈노 센코는 자연주의적인 사실주의의 영향을 받아 이전의 여성작가들과는 확연히 다른 작품세계를 구축한, 수수하지만 확실한 문학적 평가를 받은 작가이다. 32세로 생을 마감하기까지 수많은 단편을 발표했다. 1920년 9월, 남편인 가와나미 미치조가 편집한 『미즈노 센코 전집』이 소분가쿠에서 간행되었으며, 그녀가 쓴 작품의 3분의 1에 해당하는 22편의 작품이 수록되어 있다.

일본문학 컬렉션
02

산책

미즈노 센코 지음
서홍 옮김

"어이, 산책이나 갈까?"

툇마루에 서서 나직이 휘파람을 불던 남편이 말했다.

어스름한 부엌에서 나던 물소리와 그릇 부딪히는 소리가 잠시 그치더니 "네!" 하는 힘찬 대답과 함께 서둘러 일을 마무리하는 소리가 들렸다.

어두운 밤이었다. 거센 바람이 한차례 지나가자 희미하던 별들이 빛을 내기 시작하고 주변의 어두운 나무 그늘도 바람을 따라 흔들렸다. 덜거덕거리던 수건걸이가 화장실 덧문에 부딪혀 멈추자 주위는 더욱 고요해졌다.

잇몸으로 스며드는 것 같은 힘 빠진 벌레 소리가 귀에 거슬린다. 온몸 구석구석으로 파고드는 초가을 밤기운에 정신이 번쩍 든 남편은 마음을 굳게 다잡는다.

'그래! 다시 시작해 보는 거야.'

문득 거리의 불빛과 사람 냄새가 그리워졌다. 어두운 밤하늘로 울려 퍼지는 고부센 전차 소리가 희미하게 들려왔다. 전차 안 승객들과 선로 주변의 번화한 거리가 눈앞에 훤히 떠오른다. 오비 속으로 양손을 찔러 넣은 채 툇마루에 서 있던 남편은 멍하니 그런 생각을 하고 있었다. 부엌일을 끝낸 아내가 들어왔다.

"어디 갈 건데요?"

아내는 기분 좋을 때면 지어 보이는 천진난만한 표정으로 옷장 위에서 거울을 꺼내 들고 전등 아래에 앉는다. 세수를 한 모양이다. 뜨거운 물로 씻었는지 목덜미와 얼굴이 붉게 달아올라 있었다. 흘러내린 옷 밖으로 드러난 작은 가슴이 분을 바르는 아내의 손끝이 움직일 때마다 따라 움직였다.

"너무 꾸밀 거 없어. 적당히 해."

"그래도 모처럼 나가는 건데……."

거울 앞에서 눈이 웃고 있었다.

"우리 긴자에 갈까요? 가본 지도 오래됐는데."

"그럴까?"

"우롱차도 마셔요"

"그럽시다."

두 사람은 마냥 행복했다. 그리고 그 행복이 남들은 흉내는커녕 짐작조차 할 수 없는, 자신들만의 것이기라도 한 듯 내심 뿌듯했고 만족스러웠다. 그건 부부의 마음이 딱 맞았을 때만 느낄 수 있는 신의 선물과도 같은 것이었다.

머리를 매만지고 나서 아내는 젖은 손수건으로 얼굴을 톡톡 두드리고는 거울 앞에 바싹 다가앉았다. 눈썹을 올리고 볼을 쓰다듬으며 열심히 단장을 한다. 툇마루 등의자에 앉아 재밌다는 듯 지켜보고 있는 남편의 얼굴이 거울에 비치자 생긋 웃으며 그제야 만족스러운 표정으로 거울 앞을 떠났다.

'화장하니까 나도 예쁘죠?'

아내의 표정은 이렇게 말하는 것 같았다.

"서두르지 않으면 너무 늦겠어."

아내의 들뜬 마음을 알아차린 남편은 미소를 지으며 짐짓 재촉해 보았다. 행여라도 삐쳤다간 큰일이다. 돌처럼 차갑게 굳어 버리는 나쁜 버릇, 도저히 이해할 수 없는 그 성질이 대체 이 여자의 어디에 숨어 있는 건지. 아무리 쳐다봐도 모르겠다. 하지만 지금은 그런 건 아무래도 좋았다. 오늘 밤 아내의 모습은 그저 사랑스럽기만 했다.

"알겠어요."

'이럴 때는 내가 무슨 말을 해도 화가 나지 않는 모양이다.'

아내는 더욱 생글거리며 옷장 열쇠를 자물쇠에 꽂았다.

"당신은 안 추워요? 아와세* 입어도 괜찮겠죠?"

의견을 묻는 것처럼 고개를 갸웃거리지만 실은 마음속으로 이미 정해 놓았다. 질릴 정도로 입어서 옷깃에 때가 낀 히토에** 대신 계절이 조금 이르긴 해도 아와세를 입고 나갈 생각에 신이 나 있었던 거다.

"그래, 그 옷이 좋아. 그게 제일 잘 어울려."

남편은 그 옷을 사러 함께 나갔던 때를 떠올리며 말했다.

"그렇죠?"

---

* 안감이 있는 기모노.
** 안감이 없는 얇은 기모노.

산책

앞깃을 여미고 빨간 오비로 허리를 꽉 묶으면서 몇 걸음 걸어 본다. 아와세가 조금 짧게 느껴지는지 발꿈치로 치맛단을 밟아 늘여서 길이를 맞추고는 싱긋 웃는다. 아내는 아와세라고 해봐야 달랑 이거 하나뿐인 데다 그마저도 소매에 천을 덧댔다는 걸 무심코 말하려다 말았다. 괜한 말로 남편을 자극할 필요는 없을 것 같았다.

'저이도 곧 일을 시작할 거야. 그러면 틀림없이 내 옷도 기분 좋게 사주겠지.'

아무튼 지금은 이걸로 만족했다. 남편이 회사를 그만둔 지도 벌써 석 달이 지났다. 속내는 모르겠지만 겉으로는 아무렇지 않아 보이는 남편을 마음속으로 가끔 맹렬하게 비난한 적도 있었다. 하지만 지금은 충분히 이해도 되고 가엾다는 생각마저 들었다. 회사를 그만둔 이유가 자존심 때문이라는 것도 도저히 납득할 수 없었지만, 지금은 그럴 수도 있겠다 싶고 자랑스럽기까지 했다.

오랜만에 차려입고 나니 기분이 좋아져서 가벼운 자만심마저 생겼다. 거울에 비친 오비며 장식용 깃 색깔이 좀 과해 보이긴 했지만 아내는 자신의 모습을 만족스럽게 바라보았다.

"드디어 우리 동네 미인이 등장하신 건가?"

"미인은 무슨."

그냥 놀리는 소리로만 들리진 않았기 때문에 아내는 살짝 삐치려다 말았다.

"정말이야. 오늘 밤 유난히 예뻐 보이는데."

아내는 남편의 눈에 달리 비교할 대상이 없다는 사실을 눈치채지 못했다.

"오래 기다렸죠? 이제 가요."

"열쇠는 어디 뒀어?"

허리띠를 고쳐 매면서 현관에서 게다를 꺼내 주는 아내에게 말을 걸었다.

"내가 갖고 있어요."

'덜컹' 하고 덧문 닫는 소리가 났다.

"벌써 꽤 어두워졌네."

두 사람은 드디어 밖으로 나왔다.

뭐라 표현할 수 없는 산뜻하고 활기찬 초가을 밤의 기운이 두 사람을 감싸고 있었다. 손을 맞잡고 인적이 드문 어두운 길을 걸으며 말하지 않아도 서로의 마음이 통하는 걸 느꼈다.

"정말 오랜만이다."

모퉁이를 돌 때마다 아내는 같은 말을 되풀이했다.

 깜빡거리는 정류장 전등 아래에서 남편과 아내는 서로의 행복한 얼굴을 바라보고 있었다. 몸이 부르르 떨릴 만큼 강한 바람이 불고 지나갔다. 이윽고 어둠 속에서 전차가 마치 살아 있는 짐승처럼 눈을 번뜩이며 다가왔다.

 우르르 전차에 오르는 사람들에 섞여 두 사람도 밝은 전차 안으로 들어섰다. 오랫동안 집에만 틀어박혀 있었던 탓인지 마주치는 사람들의 시선이 조금 어색하게 느껴졌다.

 남편이 알려준 빈자리에 서둘러 앉은 아내는 바로 앞에 손잡이를 잡고 선 남편의 소맷자락 밑으로 힐끔거리며 전차 안을 둘러보았다.

 옷차림이 너무 계절을 앞선 게 아닌지 살짝 신경이 쓰였는데 절반 가까운 사람이 아와세 차림이라는 사실에 일단 안심했다. 그녀는 아군이라도 얻은 듯 마음이 편해져서 자신을 빤히 쳐다보는 맞은편 여자의 시선을 피하지 않고 당당히 마주 보았다. 여자가 여자를 상대할 때는 무의식적으로 상대방과 자신을 비교하는 법이다. 먼저 얼굴 생김새, 태도, 옷감의 질을 살피고 그래도 승부가 나지 않을 때는 옷의 무늬로 그 사람의 취향을 판단하기도 한다. 그런데 맞은편에 앉은 여자의 태도는 사람을 무시하는 것 같아서 불쾌했다. 게다가 무슨 일이든 다 받아칠 것처럼 당당해 보여서 왠지 얄밉기까지 했다. 하지만 얼굴은 예뻤다.

'뭐, 속물스러운 남자들이나 좋아할 만한 얼굴이네.'

아내는 마음속으로 그런 평가를 내렸다. 옷차림은 지나치다 싶을 만큼 화려했지만 나무랄 데가 전혀 없었다. 아니 그 여자뿐 아니라 오늘 밤 눈에 띄는 모든 여자가 아름답고 멋지다는 생각이 들었다. 너나 할 것 없이 모두 세련된 무늬의 옷을 입은 데다 아무런 걱정도 없어 보였다. 그에 비해 자신은 한껏 멋을 부린 게 이 정도밖에 안 된다고 생각하니 갑자기 초라하게 느껴졌다.

남편의 얼굴을 힐끗 쳐다보니 거리의 불빛에 온통 마음을 뺏긴 표정이었다. 조금 전 가게 외등 불빛 아래서 본, 온전히 자신에게만 집중하던 그 얼굴이 아니었다. 그의 눈동자에는 사회의 온갖 색깔이 투영되고 있었다.

두 사람은 만세이바시역을 나와 화려하게 빛나는 스미타 거리의 인파 속으로 섞여 들어갔다.

"탈까?"

"그냥 걸어요."

둘은 바쁘게 오가는 사람들을 피해 가며 가게들이 늘어선 길을 따라 긴자 쪽으로 나란히 걷기 시작했다.

"있잖아요."

"응."

"방금 전차에서 맞은편에 앉아 있던 여자 말이에요."

"어······."

"정말 기분 나빴어요. 표정이 어찌나 거만하던지."

"그랬나? 아주 미인이던데······."

아내는 남편의 얼굴을 힐끗 쳐다봤다.

"당신, 그런 타입 좋아해요?"

"좋고 싫고가 어딨어. 그냥 미인이었다는 거지."

아내는 다시 한번 남편의 얼굴을 쳐다보고는 입을 다물었다.

'남자들은 어째서 그런 여자를 좋아하는 걸까?'

'남자'라는 말에는 물론 남편도 포함되어 있었다. 아내는 무엇보다도 남편의 지금 이런 반응이 마음에 들지 않았던 거다.

지나는 곳마다 밝은 불빛과 번화한 가게가 이어졌다. 가게들은 여름을 느끼게 하는 가볍고 산뜻한 물건들을 정리하고 겨울 준비를 재촉하는 것들로 채워져 있었다.

"이제 완연한 가을이군."

남편은 한숨을 쉬듯 말했다. 빈틈을 노리듯이 알 수 없는 불안감이 가슴 속으로 파고드는 걸 느꼈다. 막연하게나마 품고 있던 남자로서의 꿈을 떠올리니 초조해지고 새삼 인생에 대해 고민하게 되었다. 멍하니 그런 생각에 빠져 아내의 말을 건성으로 듣고 있었다.

"어머, 저 무늬 정말 예쁘다!"

남편은 그 말의 의미를 곧바로 알아차리지 못했다.

아름다운 무늬의 옷들로 진열된 옷가게 쇼윈도에 마음을 뺏긴 아내는 겨울옷을 맞추는 상상을 하며 '옷값이 얼마나 되려나?' 계산해 보고 있었다. 그런 생각을 하며 걷다가 모직물 가게에 걸려 있는 화려한 옷감이 눈에 들어오자 자기도 모르게 감탄하는 소리가 터져 나온 것이다. 그런 자신의 말에 대해 남편이 특별한 반응을 보일 거라고는 기대하지 않았다. 그런데 너무도 무심한 남편의 얼굴을 보니 갑자기 제정신이 돌아오며 이상하게도 반항심 같은 것이 끓어올랐다. 남편의 얼굴은 자신과는 아무 상관도 없는 사람처럼 무표정하게 굳어 있었던 것이다. 두 사람은 서로의 마음이 각기 다른 곳을 향하고 있다는 것을 느꼈다. 그리고 돌이키려고 하면 할수록 더욱더 원치 않는 방향으로 엇나가기만 했다.

'나는 자기를 위해서 이렇게 고생하고 있는데. 살림이 아무리 어려워도 힘든 내색을 안 하니까 당연한 줄 아나 봐. 내 생각은 조금도 안 해. 초라한 내 행색은 또 어떻고. 이게 내가 가진 옷 중에서 제일 좋은 거라고 말하면 세상 여자들이 나를 얼마나 불쌍하게 여길까? 그나마 갖고 있던 것도 쌀을 사느라 다 팔아 버렸는데.'

아내는 이런 생각을 했다.

그런가 하면 남편은 속으로 이렇게 중얼거렸다.

'여자들은 왜 저렇게 물질적인 걸까? 속도 좁고 제멋대로인 데다 자기 생각만 하고 다른 덴 전혀 관심도 없다니까. 남자의 마음을 알 리가 있겠어? 새 옷 하나 못 사 주는 게 무슨 큰 약점이라도 되는 것처럼 나를 무능력자 취급이나 하고! 최고급 옷을 걸치는 게 그렇게 중요한 거야? 이제 나한테 분풀이라도 할 생각인 건가?'

말없이 걷는 동안 두 사람 모두 몹시 지쳤지만, 목적지인 긴자에 가까워지자 무언가 기대하는 마음이 생겼다. 사람들의 왕래는 더욱 잦아졌고 한층 밝아진 거리의 가로등은 어두운 하늘을 향해 희뿌연 빛을 비추고 있었다. 바람을 가르며 지나가는 전차 때문에 길가의 버드나무 가지가 흔들렸다.

생기 넘치는 사람들과 화려하게 빛나는 전구 불빛에 자신의 모습이 드러나면 드러날수록 아내는 몸에서 빛이랄까 생기랄까 그런 게 빠져나가는 걸 똑똑히 느낄 수 있었다. 자만심은 어느샌가 흔적도 없이 사라지고 지금 이대로 충분하다고 만족했던 마음도 자취를 감춰 버렸다. 산책을 즐기려던 마음마저 주변의 소음에 이리저리 흩어져 사라져 버렸다. 그저 뭔지 모를 이상한 압박감만이 느껴졌다.

어느새 대만 찻집 앞까지 왔다. 잠깐 멈춰 선 남편은 그대로 지나치려는 아내에게 말을 걸었다.

"그냥 갈 거야?"

아내는 남편을 외면한 채 입을 꾹 다물고 있었다.

못마땅한 얼굴로 다가온 남편에게 마음에도 없는 말이 자기도 모르게 튀어나왔다.

"돈도 없는데 그냥 가죠."

찻집 앞을 지나며 슬쩍 쳐다보니 가게 입구 쪽에서 여자의 아름다운 게다가 얼핏 보였다. 갑자기 들어가기 싫어졌다. 아름답고 멋진 여자가 거기에 있는 것 같아서 피하고 싶었던 것이다.

마지막 희망이 사라졌다. 차도 마시고 싶었고 또 가능하면 기분 전환을 하고 돌아갈 생각이었지만, 지금 자신이 한 말은 그야말로 싸움을 하자는 거나 마찬가지였다. 두 사람의 교감은 완전히 깨져 버렸다. 아내는 남편의 얼굴을 돌아보진 않았지만 눈빛이 날카로워진 걸 느꼈고, 맘대로 하라는 듯 빠른 걸음으로 걷기 시작한 걸 알 수 있었다.

결국 쉴 수 없게 된 발은 빠른 속도로 피로를 호소하기 시작했다. 아무것도 쳐다보지 않고, 아무 생각도 하지 않고 줄곧 걸었다.

"그만 가지!"

"네."

결국 이렇게 무미건조한 말만 주고받았다. 남편은 붉은 가로등을 따라 성큼성큼 걸어갔다. 그리고 속으로 서로를 비난하면서 남편은 앞문으로, 아내는 뒷문으로 전차에 올랐다.

두 사람의 너무도 언짢은 마음, 그건 바로 신이 내린 벌이 아니었을까……

작품 소개
●●●

산책
(散歩)

「산책」은 미즈노 센코가 1914년 9월 ≪중앙문학≫에 발표한 단편 소설이다.

오랜만에 기분 좋게 산책을 나선 부부가 전차에서 우연히 마주친 여자에 대한 평가를 두고 감정이 엇갈리며, 신의 축복과도 같이 빈틈없던 부부 사이가 멀어질 대로 멀어져 신의 벌과 같은 감정을 품고 귀가한다는 내용이다.

변변치 않은 외출복에 스스로가 초라하게 느껴진 아내는 전차 안에서 마주 앉은 화려한 여자에 대해 이유도 없이 반감이 들어서 남편에게 그 여자에 대해 험담을 한다. 그런 아내의 말에 대한 남편의 반응은 "그랬나? 아주 미인이던데······."이다. 남편의 대답으로 둘의 사이는 얼음장처럼 차갑게 얼어붙게 되고 점차 멀어지는 남자와 여자의 거리가 느껴진다.

아내가 원했던 답은 뭘까? 아마도 그 여자의 외모에 대한 평가가 아니라 기분 나빠하는 자신에게 남편이 동조하며 공감해 주기를 바랐던 건 아닐까? 지금 당신은 누구와 어떻게 소통하며 어떻게 공감하고 있는지, 또 어떻게 소통해야 하는지 백 년 전의 작가가 우리에게 묻고 있는 것 같다.

사소한 말 한마디에서 비롯된 남자와 여자의 소통 방식의 차이를 정확하게 알아차리고 유머러스하게 묘사한 작가의 재치와 눈썰미가 돋보이는 작품이다.

철 지난 국화

하야시 후미코 지음
서홍 옮김

●●●

"저녁 5시쯤 찾아뵙겠습니다."

전화가 걸려 왔다.

'1년 만에? 뭐 그러시든지.'

긴은 전화를 끊었다.

시계를 보니 5시까지는 아직 두 시간 정도 여유가 있었다. 일단 목욕부터 해야 할 것 같아 하녀에게 조금 이른 저녁을 준비시키고 서둘러 목욕탕에 갔다.

'헤어졌을 때보다 더 젊어 보여야 해. 나이 들어 보이면 지는 거야!'

이런 생각을 하며 정성껏 몸을 씻었다. 목욕을 마치고

집에 돌아오자마자 냉장고에서 얼음을 꺼냈다. 잘게 부숴 두 겹의 거즈로 감싼 뒤 거울 앞에 앉아 10분 넘게 얼굴 전체를 마사지하듯 문질렀다. 감각이 사라질 정도로 얼굴이 벌게지고 얼얼했다. 쉰여섯, 적은 나이는 아니지만 허투루 세월만 보낸 건 아니다. 그까짓 나이쯤이야 얼마든지 속일 수 있다는 결연한 표정으로 비장의 무기인 외제 크림을 꺼내 차가워진 얼굴에 발랐다. 시체처럼 창백한 나이 든 여자의 얼굴이 거울 속에서 눈을 크게 뜨고 있다. 화장을 하던 긴은 갑자기 자신의 얼굴이 보기 싫어졌다. 엽서에 실릴 정도로 화사하고 아름다웠던 예전 모습이 떠올라 옷을 젖히고 허벅지를 살펴보았다. 젊을 때처럼 탱탱하고 탄력 있는 피부가 아니라 가늘고 파란 모세혈관이 드러나 있었다. 다행히 그렇게 마르지는 않았다는 것이 조금 위안이 된다. 다리를 꼭 붙여 보았다. 긴은 목욕을 할 때면 항상 무릎을 꿇고 앉아서 허벅지 사이에 물을 붓는다. 물이 그대로 고여 있었다. 아직 괜찮다는 안도감 같은 것이 그녀의 지난 세월에 위로를 건넨다.

  '아직 애인은 얼마든지 만들 수 있어. 인생에서 믿고 의지할 만한 건 그것뿐이야!'

긴은 남의 살을 만지듯 허벅지 안쪽을 살짝 쓰다듬어 보았다. 매끈한 살결이 기름을 잘 먹인 사슴 가죽처럼 부드럽다. 이하라 사이카쿠의 소설에 등장하는 샤미센을 연주하는 두 미녀, 오스기와 다마가 떠올랐다. 진홍색 그물망 휘장 안에서 샤미센을 켜는 두 미녀를 향해 그물코 사이로 동전 던지기 놀이를 하는 장면이 나온다. 진홍색 그물망 안의 보일 듯 말 듯 아름다운 두 미녀의 모습이 눈앞에 보이는 것 같았다.

'나도 그렇게 아름다웠던 시절이 있었는데…….'

이제는 먼 옛날 일이 되어 버린 것 같아 긴은 서글픈 생각이 들었다. 젊을 때는 물욕에 눈이 어두웠었다. 그런데 나이가 들고, 험난한 전쟁까지 겪다 보니 남자가 없는 생활은 공허하고 불안해서 견딜 수가 없었다. 긴의 아름다움 또한 나이에 걸맞게 조금씩 바뀌었고 분위기 역시 해마다 달라졌다. 긴은 나이가 들면서 화려한 것을 몸에 걸치지 않게 되었다. 빈약한 가슴에 목걸이를 한다든지, 속치마로나 입을 법한 빨간 체크무늬 치마에 헐렁한 하얀색 새틴 블라우스를 입고 챙 넓은 모자로 이마의 주름을 가리는 것도 싫어했다. 그런 치졸한 짓은 쉰을 넘긴 분별력 있는 여자가 할 짓이 아니라 여겼던 것이다. 그렇다고 기모노의 붉은색 안깃이 드러나도록 옷깃을 뒤집어 입는 천박한 취향도 싫었다.

긴은 이 나이가 되도록 양장을 해본 적이 없다. 산뜻한 하얀 비단 깃에 잔잔한 무늬의 쪽빛 아와세를 입고, 흰 줄무늬가 있는 크림색의 최고급 하카타 오비를 맸다. 물빛 오비아게*는 가슴 앞쪽에서 보이면 안 된다. 가슴은 풍성하게, 허리는 가늘게, 배는 다테마키**로 한껏 조였다. 솜을 얇게 펴 넣은 고시부통***은 허리가 아니라 엉덩이에 대었다. 서양 여자처럼 세련되게 입으려고 자기 나름대로 생각해 낸 방법이다. 하얀 얼굴과 잘 어울리는 갈색 머리카락은 쉰을 넘긴 여자의 것처럼 보이지 않았다. 체격이 큰 탓에 기모노를 조금 짧게 입다 보니 치맛단이 오히려 깔끔하고 말쑥했다. 남자를 만나기 전, 항상 이렇게 차분하고 수수한 차림으로 거울 앞에 앉아서 차가운 술 다섯 잔 정도를 단숨에 들이킨다. 그리고 이를 닦아 술 냄새를 없애는 것도 잊지 않았다. 약간의 술은 어떤 화장품보다도 긴의 육체에 효과가 있었다. 살짝 술기운

---

* 오비마쿠라(오비를 입체적으로 보이게 하는 소도구)를 몸에 고정시키는 천.
** 기모노의 깃을 맞추어 고정시키는 끈.
*** 허리의 잘록한 부분에 대는 도톰한 천.

이 오르면 눈가가 붉게 물들고 커다란 눈이 촉촉해졌다. 창백하게 화장한 얼굴에 글리세린을 섞은 크림을 바르니 어두웠던 얼굴이 되살아나면서 투명하게 빛났다. 입술만큼은 값비싼 립스틱으로 진하게 바른다. 입술만은 붉었다. 나이가 들면서 손을 더 신경을 쓰게 되었지만, 손톱을 물들인 적은 한 번도 없다. 손톱에 색을 입힌다는 게 왠지 탐욕스럽고 우스꽝스러운 것 같아 손에는 그냥 화장수만 두드려 발랐다. 결벽증처럼 짧게 자른 손톱은 모직 천으로 윤기가 나게 닦는다. 기모노 소매 안으로 나가주반*이 얼핏 보였다. 옥색과 분홍색으로 선염한 물결무늬가 연한 색을 좋아하는 긴의 취향과 잘 맞았다. 달콤한 향의 향수를 어깨와 통통한 팔뚝에 뿌렸다. 실수로라도 귓불에는 뿌리지 않는다. 긴은 한순간도 자신이 여자라는 사실을 잊고 싶지 않았다. 평범한 노인네들처럼 추레해질 바에는 차라리 죽는 게 낫다고 생각했다.

평범한 인간에게는 허락되지 않는 탐스러운 장미꽃 같은 인생이었다. 그게 나였던 것 같다.

---

* 속옷과 기모노 사이에 입는 옷.

긴은 유명한 여자 가인이 부른 이 노래를 좋아했다. 남자가 없는 생활은 생각만 해도 끔찍하다. 이타야가 가져온 화사한 연분홍색 장미 꽃잎을 보며 꿈꾸듯 과거를 떠올렸다. 먼 옛날의 풍습도, 자신의 취미와 즐거움도 조금씩 변해 온 것도 좋았다. 한밤중에 눈이 뜨이면 지금까지 만났던 남자들을 손가락을 꼽으며 세어 본다. 그 남자랑 그 남자 그리고 그 남자. 맞다, 그 사람도 있었지....... 그런데 그 남자를 그 사람보다 먼저 만났었나? ......아니면 나중이었나? ......추억으로 가슴이 먹먹해졌다. 긴은 남자들 한 명 한 명을 떠올릴 때면 그들과의 좋았던 순간만 기억하고 싶었다. 헤어져야 했던 이유가 떠올라 눈물이 나는 사람도 있었기에.

'옛날에 남자가 있었다.'라는 문장으로 시작하는 이세모노가타리*를 읽은 적이 있다. 그 이야기처럼 생각나는 남자들이 많아서 긴은 비몽사몽간에 옛 남자들을 추억하는 게 즐거웠다.

다베의 전화는 너무도 뜻밖이어서 고급 포도주라도

---

* 남자 주인공의 연애담을 그린 작자 미상의 이야기.

만난 것 같은 기분이 들었다. 다베는 그저 옛 추억에 이끌리고 있을 뿐이다. 과거의 감정이 조금은 남아 있을지도 모른다는 감상에 젖어 사랑이 타고 남은 자리를 음미하러 오는 거다. 하지만 그렇다 해도 잡초가 무성한 과거의 흔적 앞에 서서 그저 탄식만 하게 해서는 안 된다. 나이와 분위기에 한 점의 부족함도 없어야 한다. 가장 중요한 건 사려 깊은 표정이다. 그리고 두 사람이 차분히 서로에게 몰두할 수 있는 분위기를 만들어야 한다. 자기가 만났던 여자가 여전히 아름답다는 여운이 남게 해야 한다. 능숙하게 몸치장을 끝내고 거울 앞에 선 긴은 무대에 나설 자신의 모습을 확인했다. 어디 한 군데 빠진 데는 없는지. 거실로 나가 보니 어느새 저녁 식탁이 차려져 있었다.

하녀와 마주 앉아 보리밥에 담백한 미소시루와 다시마 절임으로 식사를 마친 뒤, 달걀을 깨서 노른자만 꿀꺽 삼켰다. 긴은 예전부터 남자가 찾아와도 식사를 대접하는 일은 거의 없었다. 정성스레 밥상을 차리고 "제가 만든 거예요."라며 가정적인 여자로 보여야겠다는 생각 따위는 꿈에도 해본 적이 없다. 결혼할 마음도 없는 남자에게 가정적인 여자인 척하며 잘 보이려고 애쓸 이유가 없었다. 긴에게 다가오는 남자들은 항상 선물을 가지고 왔고, 그녀는 그걸 당연시했다. 긴은 돈이 없는 남자는 절대로 상대하지 않았다. 돈 없는 남자만큼 매력 없는 건 없었다. 사랑에 빠졌다는 남자가 솔질도 하지 않은 양복을 입거나 단추가 떨어진 옷을 아무렇지 않게 입고 있으면 정나미가 뚝 떨어졌다. 사랑 그 자체가 긴에게는 하나의 예술품을 창조하는 것과 같았다.

긴은 어릴 적에 당대 최고의 미인이던 아카사카의 만류를 닮았다는 말을 들었다. 유부녀가 된 만류를 한 번 본 적이 있는데 홀딱 반할 정도로 아름다운 여자였다. 긴은 그녀의 아름다움에 넋을 잃고 말았다. 그리고 여자가 변함없이 아름다움을 유지하려면 돈이 필요하다는 걸 깨달았다.

긴이 게이샤가 된 것은 열아홉 살 때였다. 대단한 재능이 있던 것도 아닌데 단지 예쁘다는 이유로 게이샤가 될 수 있었다. 그녀는 그 무렵 동양을 여행 중이던 프랑스인 노신사가 주최한 연회에 불려간 적이 있다. 그는 긴을 일본의 마르그리트 고티에*라 부르며 예뻐했고 긴도 자기가 마치 춘희라도 된 것처럼 굴기도 했다. 육체적으로는 별 볼 일 없는 남자였지만, 왠지 잊을 수 없는 사람이다. 미셸이라는 그 노신사는 당시 고령이었으니 아마 프랑스 북부 어딘가에서 이미 죽었을 것이다. 프랑스로 돌아간 그가 보내 줬던 오팔과 작은 다이아몬드가 잔뜩 박힌 팔찌는 전쟁이 한창일 때도 팔지 않았다.

긴이 사귀었던 남자들은 다들 출세했지만, 전쟁이 끝난 뒤로는 대부분 소식도 알 수 없었다. 긴이 상당한 재산을 모았을 거라는 소문이 돌았지만, 그녀는 요정이나 요릿집 같은 걸 해볼 생각은 하지 않았다. 가진 거라고는 불타지 않고 남은 본인 명의의 집과 아타미에 있는 별장 한 채가 전부였고 남들에게 내세울 만한 재산은 없었다. 시누이 명의로 되어 있던 별장은 전쟁이 끝난 후 적절한 시기에 팔아 버렸다. 그저 하는 일 없이 놀고먹으며 지냈다. 하녀 기누는 시누이를 도와주던 사람이었는데 말을 하지 못하는 여자였다. 긴은 생각보다 검소하게 생활하고 있었다. 영화나 연극을 즐기지도 않았고 아무런 목적 없이 어슬렁거리며 돌아다니는 것도 싫어했다. 밝은 태양 아래서는 나이 든 여자의 초라함이 적나

---

* 소설 『춘희』의 여주인공.

라하게 드러난다. 남들이 나이 든 자신의 모습을 보는 게 싫었다. 차림새에 아무리 돈을 들여도 환한 대낮에는 아무 소용이 없다. 긴은 그늘에 핀 꽃으로 살아가는 것에 만족했고, 소설 읽는 것을 좋아했다. 노후를 위해 양녀를 들이는 건 어떠냐는 조언을 들은 적도 있지만, 노후 대비라는 말이 불쾌했다. 지금까지 고독하게 지낸 데에는 나름의 이유가 있었던 것이다.

긴은 부모가 없었다. 아키타 혼조 부근의 고사카와 출생이라는 것만 기억하고 있을 뿐이다. 그녀는 다섯 살 때 도쿄 아이자와 집안의 양녀가 되었다. 토목 사업을 하겠다고 다이렌으로 건너간 양아버지 아이자와 히사지로는 긴이 초등학교를 다닐 때 소식이 끊겼다. 양어머니 리쓰는 주식을 하고 집을 지어 세를 놓는 등 투자에 꽤나 열심이었다. 우시고메의 와라다나에 살았는데 와라다나의 아이자와 하면 이 지역에서 상당한 자산가 소리를 들었다.

그 무렵 가구라자카에 있는 오래된 버선 가게 다쓰이에는 마치코라는 예쁜 딸이 있었다. 이 버선 가게는 닌교초에 있던 양하* 가게와 더불어 전통이 있는 집으로 다쓰이 버선이라면 야마노초의 야시키마치에서도 꽤나 유명했다. 감색 가림막이 드리워진 널찍한 버선 가게 입구 쪽에 재봉틀이 놓여 있었다. 모모와레[*]를 한 마치코가 검은 공단 옷깃을 덧댄 기모노를 입고 재봉틀을 밟는 모습은 와세다 학생들 사이에서도 유명했다. 학생들 중에는 버선을 주문하러 와서 팁을 두고 가는 사람도 있었다고 한다. 마치코보다 대여섯 살 어린 긴도 동네에서는 예쁘다고 소문이 나 있었다. 두 사람은 가구라자카의 미인으로 동네 사람들에게 평판이 자자했다.

긴이 열아홉일 때 노름꾼 도리코에가 아이자와 집안에 드나들기 시작하면서 가세가 서서히 기울기 시작했다. 양어머니 리쓰에게 고약한 술버릇까지 생겨서 집안 분위기가 어두워진 데다 어이없게도 긴은 도리코에한테 순결을 잃고 말았다. 자포자기의 심정으로 집을 뛰쳐나온 긴은 아카사카의 스즈모토라는 집에서 게이샤가 되었다. 버선 가게 딸 마치코는 그 무렵 최초로 제작된 비행기의 첫 비행에 초대를 받았다고 한다. 그런데 그녀가

---

[*] 생강과의 고급 향신 채소.
[*] 주로 소녀들이 하는 머리 모양으로 뒤로 동그랗게 말아 올린 형태.

후리소데*를 갖춰 입고 탄 그 비행기가 스자키 벌판에 추락했다는 소식이 신문에 보도되어 상당히 화제가 되었다. 긴이 긴야라는 이름의 게이샤로 나서자 곧바로 대중 문학 잡지 등에 사진이 실렸고, 그 무렵 유행하던 그림엽서의 모델까지 되었다.

돌이켜 보면 전부 까마득한 옛날 일이지만 긴은 아직도 자신이 쉰을 넘긴 여자라는 걸 도저히 받아들일 수 없었다. 오래 살았다는 생각이 들기도 했지만, 청춘이 너무 짧게 느껴지기도 했다. 양어머니가 세상을 떠나고 얼마 안 되는 재산은 긴이 입양된 뒤에 태어난 여동생 스미코에게 전부 상속되었기 때문에 긴은 그 집안과 아무런 관계도 없는 몸이 되었다.

긴이 다베를 알게 된 건 스미코 부부가 도쓰카에서 학생 상대로 하숙집을 운영하던 무렵이었다. 3년 정도 함께 살았던 남편과 헤어지고 스미코의 하숙에 방 한 칸을 얻어 홀가분하게 지내고 있었다. 태평양전쟁이 발발한 무렵, 긴은 스미코 집 거실에서 학생이었던 다베와 몇

---

* 미혼 여성이 최고의 격식을 갖출 때 입는 기모노.

번인가 마주쳤다. 그러다 어느새 부모 자식만큼 나이 차이가 나는 다베와 남의 눈을 피해 가며 만나는 사이가 되었다. 긴은 쉰 살이었지만 서른일고여덟 정도로 보일 만큼 젊었고, 짙은 눈썹에서는 향기가 날 것 같았다. 다베는 대학 졸업 후 바로 육군 소위로 출정했다. 그의 부대가 히로시마에 잠시 주둔하고 있을 때 긴은 그를 두 번 정도 찾아간 적이 있다.

히로시마에 도착하자마자 군복 차림의 다베가 여관으로 찾아왔다. 긴은 가죽 냄새가 나는 그의 체취가 역겨웠지만, 이틀 밤이나 여관에서 함께 지냈다. 먼 길을 오느라 지칠 대로 지친 긴에게 젊은 다베의 단단한 몸은 너무도 버거웠다고 누군가에게 고백했던 적이 있다. 히로시마에 다녀오고 나서 다베로부터 여러 차례 전보가 왔지만, 긴은 더 이상 그를 만나러 가지 않았다. 1942년 미얀마로 파병갔던 다베가 종전 다음 해 5월 귀국 후에 곧바로 누마부쿠로에 있는 긴의 집을 찾아왔다. 그는 무척 나이가 들어 보이는 데다 앞니까지 빠져 있었다. 그런 모습은 그와의 추억마저 잊게 했고 실망감만 안겨 주었다. 히로시마 출신인 다베는 국회의원이 된 맏형의 도움으로 도쿄에서 자동차 회사를 설립했다. 1년 사이에 몰라볼 정도로 멋진 신사가 되어 다시 나타난 그는 곧 결혼할 거라고 했다. 그리고 그 후 1년 가까이 두 사람은 만나지 않았다.

긴은 공습이 심해졌을 때 누마부쿠로에 있는 전화가 달린 집을 헐값으로 사서 이곳으로 피신한 후, 지금까지 살고 있다. 전에 살던 도즈카와 누마부쿠로는 아주 가까운 거리였지만, 누마부쿠로에 있는 긴의 집은 무사했고 도즈카에 있는 스미코의 집은 불타 버렸다. 긴은 자신의 집으로 피난 온 스미코 가족을 전쟁이 끝나자마자 쫓아내 버렸다. 쫓겨난 스미코는 어쩔 수 없이 다 타버린 집터에 서둘러 집을 지었는데 지금은 오히려 긴에게 고마워하는 것 같았다. 그때는 전쟁이 끝난 직후라 싼값으로 집을 지을 수 있었던 것이다.

긴도 아타미의 별장을 30만 엔 정도에 팔았다. 그 돈으로 낡은 집을 사서 수리한 뒤 서너 배 올려서 팔았다. 긴은 돈을 불리려고 안달하지는 않았다. 돈은 진득하게 기다리면 눈덩이처럼 불어난다는 걸 오랜 경험으로 터득하고 있었다. 높은 이자를 받기보다 싼 이자에 확실한 담보를 잡고 주변 사람들에게 빌려주었다. 전쟁을 겪으면서 은행을 별로 신뢰하지 않게 된 그녀는 되도록 돈을 투자했고, 농가처럼 돈을 집에다 그대로 묻어 둘 만큼 어리석지도 않았다. 그 일은 스미코의 남편인 히로요시에게 맡겼다. 얼마간의 수고비를 주면 사람들이 선뜻 일을 맡아 준다는 것도 긴은 알고 있었다.

하녀와 단둘이 사는 네 칸짜리 집은 겉으로는 쓸쓸해 보였지만 그녀는 조금도 쓸쓸하지 않았다. 외출을 싫어해서 바깥일을 대신해 줄 사람과 이렇게 둘이 사는 게 편했다. 도둑을 막으려면 개를 키우는 것보다 문단속을 잘하는 편이 낫다고 생각해서 누구보다도 문단속을 철저히 했다. 하녀가 말을 못하기 때문에 남자가 찾아와도 소문이 날 염려는 없었다. 그런데도 긴은 가끔 자신이 왠지 억울하게 죽을 거 같다는 상상을 하곤 했다. 집 안이 쥐 죽은 듯 고요해서 오히려 불안하기도 했다. 긴은 아침부터 밤까지 라디오를 켜 두는 걸 잊지 않았다. 그 무렵 치바의 마쓰도에서 화단 만드는 일을 하는 남자를 알게 되었다. 긴의 아타미 별장을 구입한 사람의 동생이었다. 그는 전쟁 중에 하노이에서 무역상을 하다가 종전후 돌아와서 형의 자본으로 마쓰도에서 꽃 재배를 시작했다고 한다. 나이는 마흔 안팎이었지만, 앞머리가 벗겨져서 실제 나이보다 더 들어 보였다. 이름은 이타야 세이지라고 했다. 일 때문에 두어 번 긴의 집을 드나들다가 어느샌가 일주일에 한 번꼴로 오게 되었다. 이타야가 드나들게 되면서 긴의 집은 그가 가져오는 아름다운 꽃들로 넘쳐 났다. 오늘도 노랑 장미가 도코노마*의 꽃병에 가득 꽂혀 있다.

'서너 장 떨어져 있는 은행잎이 반가운, 서리에 젖은 장미 정원.'

노란 장미를 보면 원숙한 아름다움이 떠오른다고 누군가 노래했다. 서리를 머금은 아침, 장미꽃 향기가 추억을 불러일으켰다. 다베에게 전화를 받고 보니 이타야보다는 젊은 다베에게 마음이 끌렸다. 히로시마에서 그와 함께 보낸 시간은 힘겨웠지만, 다베는 군인이었고 젊었으니 그럴 만했다는 생각이 들었다. 이렇게 이해하고 보니 그것도 즐거운 추억으로 느껴졌다. 강렬한 추억일수록 시간이 지나면 그리움만 남는 법이다.

---

* 일본식 방 한쪽 면을 바닥보다 조금 높게 만들어 꽃병이나 족자로 장식해 놓는 곳.

철 지난 국화

다베는 5시가 한참 지나서 커다란 꾸러미를 들고 찾아왔다. 위스키랑 햄, 치즈 같은 걸 꺼내 놓더니 나가히바치* 앞에 털썩 주저앉았다. 예전의 청년 모습은 완전히 사라지고 없었다. 회색 체크무늬 재킷에 짙은 녹색 바지 차림의 그는 전형적인 기술자의 모습이었다.

"여전히 아름답군."

"그래요? 고마워요. 하지만 그것도 다 옛날얘기예요."

"아니, 우리 집사람보다 훨씬 매력적이야."

"부인은 젊잖아요."

"젊긴 해도 시골뜨기야."

긴이 다베의 은제 담배 케이스에서 담배 한 대를 꺼내자 다베가 불을 붙여 주었다. 하녀가 위스키 잔과 다베가 가져온 햄과 치즈가 담긴 접시를 들고 왔다.

"괜찮은 아이군······"

다베가 능글맞게 웃으며 말했다.

"그렇죠? 그런데 말을 못해요."

다베는 호기심 가득한 표정으로 하녀를 뚫어지게 쳐다보았다. 하녀는 얌전한 얼굴로 다베에게 정중하게 고

---

* 서랍이 달린 직사각형 목제 난방 기구.

개를 숙였다. 긴은 지금까지 의식해 본 적도 없는 하녀의 젊음이 갑자기 눈에 거슬렸다.

"부부 사이는 좋은 거죠?"

다베는 우리 집 얘기인가 하는 표정으로 말했다.

"다음 달에 아이가 태어나."

"아, 그렇군요."

긴은 위스키 병을 들어 다베의 잔에 따랐다. 맛있는지 단숨에 잔을 비운 그는 긴의 잔에도 위스키를 따랐다.

"참 여유롭군."

"네? 뭐가요?"

"밖에는 폭풍이 몰아쳐서 다들 정신이 없는데 당신은 아무리 세월이 흘러도 그대로니....... 정말 희한한 사람이군. 어차피 당신이야 그럴듯한 애인이 있을 테지만. 여자들은 좋겠어."

"지금 비꼬는 건가요? 그런데 내가 그런 말을 들을 만큼 당신에게 무슨 실수라도 했나요?"

"화났어? 그게 아니라 당신은 행복한 사람이라는 거지. 먹고사는 게 힘들어서 나도 모르게 그런 말이 튀어나왔어. 지금은 그냥 대충해서는 먹고 살기 힘든 세상이니까. 먹느냐 먹히느냐 치열하거든. 사는 게 꼭 도박을 하는 것 같아서 말이야."

"하지만 경기는 좋잖아요?"

"좋기는. 위험한 줄타기지. 죽어라 일하면서 힘들게 벌고 있는 거야."

긴은 잠자코 위스키를 핥았다. 벽 쪽에서 들려오는 귀뚜라미 소리가 너무도 울적하게 느껴졌다. 위스키를 두 잔째 들이켠 다베가 나가히바치 너머로 긴의 손을 거칠게 잡았다. 반지를 끼지 않은 그녀의 손이 휘감기는 비단 손수건처럼 부드러웠다. 긴은 손끝에서 힘을 쭉 빼고 숨을 죽이고 있었다. 힘없는 손은 차갑고 두툼한 게 부드러웠다. 취기가 오른 다베의 눈앞에서 과거의 온갖 기억들이 소용돌이치며 떠오르더니 가슴을 향해 달려드는 것 같았다. 예전과 똑같은 아름다운 모습으로 한 여자가 앉아 있다. 기분이 이상했다. 세월이 지날수록 조금씩 경험이 쌓이면서 인간은 날아오르기도 하고 추락하기도 한다. 하지만 옛날 그 여자는 변함없는 모습으로 뻔뻔하게 거기 그대로 앉아 있다. 다베는 긴의 눈을 빤히 쳐다보았다. 눈가의 잔주름도 옛날 그대로였다. 얼굴 윤곽도 전혀 무너지지 않았다. 이 여자가 어떻게 살고 있는지 궁금해졌다. 이 여자는 세상사의 영향을 전혀 받지 않았을지도 모른다. 옷장을 채우고, 나가히바치를 장식하고, 흐드러지게 핀 장미꽃으로 치장하고, 쌩긋 웃으며 눈앞에 앉아 있다. 이미 오십을 훨씬 넘겼을 텐데 여성스러운 향기는 여전하다. 다베는 긴의 진짜 나이를 몰랐다. 아파트에 사는 다베는 이제 막 스물다섯이 된 아내의 부스스하고 지친 모습을 떠올렸다.

긴이 나가히바치의 서랍에서 은으로 된 가느다란 담뱃대를 꺼내 궐련을 꽂고 불을 붙였다. 다베가 가끔씩 무릎을 흔드는 게 긴의 신경을 건드렸다. 경제적으로 힘든 게 아닐까 생각하며 물끄러미 다베의 표정을 관찰했다. 히로시마에 갔을 때와 같은 순정은 이미 긴의 마음에서 사라지고 없었다. 오랜 공백으로 인해 둘 사이는 이미 어긋나 있다는 걸 만나고 나서야 비로소 알 수 있었다. 그런 느낌이 아쉽고 쓸쓸했다. 도저히 예전처럼 가슴이 뜨거워지지 않았다. 그의 육체를 이미 잘 알고 있기에 더 이상 매력을 못 느끼는 건 아닐까 하고 생각했다. 분위기는 나쁘지 않았지만 무엇보다도 가슴이 뜨거워지지 않는다는 사실이 긴을 초조하게 했다.

"누구 40만 엔 정도 빌려줄 만한 사람 좀 소개해 줄 수 없을까?"

"어머, 돈 얘기예요? 40만 엔이나 되는 큰돈을?"

"지금 꼭 좀 필요해서. 어디 없을까?"

"없어요. 더구나 돈도 못 버는 나한테 그런 걸 물어보면 어떡해요?"

"이자는 넉넉히 줄 테니까, 부탁 좀 할게."

"그만해요. 나한테 그런 얘기해 봐야 소용없어요."

긴은 갑자기 한기를 느꼈다. 이타야와의 편안한 관계가 그리워졌다. 긴은 실망스러운 마음으로 쇠 주전자에서 뜨거운 물을 따라 차를 준비했다.

"그럼 20만 엔 정도라도 좀 안 될까? 은혜는 잊지 않을게."

"이상한 사람이야. 나한테 돈 얘기해 봐야 소용없다는 거 잘 아시면서. 나야말로 돈 좀 있으면 좋겠네요. 내가 보고 싶었던 게 아니라 돈이 필요한 거였군요."

"아냐, 물론 당신이 보고 싶어서 왔지. 그런데 왠지 당신이라면 무슨 부탁이든 다 들어줄 것 같아서."

"형님과 상의해 보는 건 어때요?"

"형에게는 말할 수 없는 돈이야."

긴은 대꾸는 안 하고 갑자기 내 젊음도 길어야 앞으로 1~2년이겠지 생각했다. 그렇게 뜨거웠던 사랑도 돌이켜 보니 서로에게 아무런 영향도 주지 않았다는 걸 깨달았다. 그건 사랑이 아니라 서로에게 강렬하게 끌리는 암컷과 수컷의 관계에 지나지 않았을지도 모른다. 바람에 흩날리는 낙엽처럼 가벼운 남녀 사이일 뿐, 지금 여기에 있는 자신과 다베는 조금도 특별하지 않은, 그냥 아는 사이가 되어 버린 것이다. 그녀는 마음이 차갑게 식어가는 걸 느꼈다. 다베는 갑자기 생각났다는 듯 히죽 웃으며 차를 마시고 있는 긴에게 낮은 목소리로 물었다.

"자고 가도 될까?"

"안 돼요. 농담하지 마세요."

긴은 놀란 표정을 짓고는 일부러 눈꼬리를 찡그리며 웃었다. 희고 깨끗한 의치가 빛났다.

"정말 매정하군. 이제 돈 얘기는 안 할게. 옛날 생각이 나서 그냥 한번 해본 소리야. 근데 여긴 완전히 딴 세상이군. 무슨 일이 생겨도 이렇게 잘 버티는 걸 보면 당신 정말 기가 센가 봐. 대단해. 그에 비하면 요즘 젊은 여자들은 참 한심하단 말야. 어때, 요즘 춤은 안 춰?"

긴은 코웃음을 쳤다.

'젊은 여자가 뭐 어떻다는 거야. 내 알 바 아니다.'

"춤 같은 건 몰라요. 당신은 추시나 봐요?"

철 지난 국화

"조금."

"그럼 좋은 분이 계시겠네. 그래서 돈이 필요하신 건가?"

"무슨 그런 말도 안 되는 소리를! 여자한테 갖다 바칠 만큼 쉽게 돈 번 적 없어."

"하지만 그 차림새는 멋진 신사인데요. 크게 사업하는 사람이나 즐길 수 있는 취미 아닌가?"

"이건 허세야. 속은 빈털터리라고. 칠전팔기도 요즘은 쉬운 일이 아니라서."

긴은 속으로 웃으며 다베의 검은 머리카락을 넋 놓고 쳐다보았다. 풍성한 머리칼이 이마를 덮고 있었다. 학생 시절의 앳된 느낌은 이미 사라져 버렸고 얼굴에서는 벌써 중년의 원숙함이 느껴졌다. 기품 있는 표정은 아니지만 늠름한 무언가가 있었다. 긴은 맹수가 멀리서부터 냄새를 맡으며 상대를 탐색하듯이 다베를 살펴보며 그에게 차를 따라 주었다.

"곧 화폐 가치를 낮춘다는 얘기가 있던데 정말인가요?"

긴은 농담하듯이 물었다.

"걱정스러울 정도로 돈이 많은가 보네?"

"어머, 바로 저렇게 나온다니까. 당신 정말 변했어요. 사람들이 그런 얘기를 하길래 한번 물어본 거예요."

"글쎄, 지금 우리나라 상황에선 그렇게 하긴 힘들걸. 돈이 없는 사람이야 일단 그런 걱정은 없을 테고."

"그렇긴 하네요."

긴은 서둘러 다베의 잔에 위스키를 따랐다.

"아아, 하코네 같이 조용한 데 가서 이삼일 편히 쉬면 좋겠다."

"피곤한가 봐요."

"응, 돈 걱정 때문에."

"그래도 돈 걱정하는 게 당신답네요. 여자 문제로 걱정하는 것보단 낫잖아요."

다베는 모르는 척하는 긴이 얄미웠지만, 값비싼 고물을 보고 있는 것 같아서 흥미롭기도 했다. 하룻밤을 함께 보낸다 해도 자신이 자비를 베푸는 거와 다를 게 없다고 생각하며 다베는 긴의 턱을 쳐다보았다. 또렷한 턱선이 강한 의지를 드러내고 있었다. 좀 전에 보았던 말 못하는 하녀의 싱싱한 젊음이 긴의 모습과 묘하게 겹쳐졌다. 아름다운 여자는 아니었지만, 여자 보는 눈이 생긴 다베에게는 그녀의 젊음이 신선하게 느껴졌다. 오늘이 긴과의 첫 만남이었다면 초조함 같은 건 없었을 거라 생각했다. 다베는 아까보다 피곤한 기색이 역력해진 긴의 얼굴에서 세월을 느꼈다.

긴은 무언가 눈치를 챘는지 서둘러 일어나 옆방으로 가더니 화장대 앞에서 팔에다 호르몬 주사기를 주저 없이 찔렀다. 탈지면으로 피부를 세게 문지르고는 거울을 들여다보면서 퍼프로 콧등을 두드렸다. 서로에게 아무런 욕망도 느끼지 않는 남녀가 이런 시시한 만남을 갖고 있다는 게 속상했던 그녀는 갑자기 눈물까지 글썽였다. 이타야였다면 무릎에 엎드려 울 수도 있었을 텐데....... 응석을 부릴 수도 있는데. 나가히바치 앞에 앉아 있는 다베가 좋은 건지 싫은 건지 알 수가 없었다. 그만 돌아가 주었으면 싶기도 하고, 상대의 마음에 무언가 자신에 대한 추억을 남겨 두고 싶기도 했다. 다베는 자신과 헤어진 뒤로 많은 여자를 만났을 것이다.

화장실에 다녀오던 긴이 하녀의 방을 슬쩍 들여다보았다. 기누가 신문지로 만든 패턴으로 열심히 양재 공부를 하고 있었다. 커다란 엉덩이를 바닥에 착 붙이고 몸을 앞으로 숙인 채 가위질을 하고 있다. 단정하게 말아 올린 머리 아래로 통통하게 살이 오르고 반짝이는 뽀얀 목덜미를 넋을 놓고 쳐다보았다. 긴은 조용히 나가히바치 앞으로 돌아왔다. 다베는 누워 있었다. 찻장 위의 라디오를 켜자 갑작스레 교향곡 9번이 크게 울려 퍼졌다. 천천히 일어난 다베가 위스키 잔을 다시 입으로 가져갔다.

"당신이랑 같이 시바마타에 있는 가와진이라는 요릿집에 갔었는데....... 폭우가 내려서 꼼짝 못 하는 바람에 밥도 들어 있지 않은 장어덮밥을 먹었었지."

"맞다, 그랬었죠. 음식이 귀하던 시절이었는데, 당신이 군대에 가기 전이었어요. 도코노마에 놓여 있던 꽃병을 우리가 넘어뜨렸던 거 기억나요? 빨간 나리꽃이 꽂혀 있었는데."

"그랬었지."

긴의 얼굴이 갑자기 밝아지면서 생기가 돌았다.

"언제 한번 갈까?"

"네, 그러죠 뭐. 그런데 이젠 움직이는 게 귀찮아요. 아무튼 이젠 거기서도 뭐든지 먹을 수 있겠죠?"

긴은 눈물이 날 것 같은 감상적인 기분이 금방 사라지지 않도록 옛 추억을 되살려 보려고 애를 썼다. 그러면서도 다베가 아닌 다른 남자의 얼굴을 떠올렸다. 전쟁이 끝나고 바로 야마자키라는 남자와 시바마타에 간 기억이 있다. 야마자키는 얼마 전 위 수술 도중 사망했다. 늦은 여름, 에도 강변에 있는 가와진의 후덥지근하고 어두컴컴했던 방이 떠올랐다. 덜컹거리며 물을 길어 올리던 자동 펌프 소리가 귓가에 생생하다. 저녁매미가 울기 시작하고 높은 에도가와 제방 위를 새로 산 자전거가 경주라도 하듯이 은빛 바큇살을 빛내며 달리고 있었다. 야마자키와는 두 번째 밀회였는데, 순수했던 그의 젊음이 신성하게 느껴질 정도였다. 먹을 것도 풍족했고, 전쟁이 끝난 뒤 긴장감이 사라진 세상은 예상과는 달리 진공 상태 속에 있는 것처럼 고요했다. 늦은 밤 버스를 타고 넓은 군용 도로를 달려서 신고이와로 돌아왔던 그때의 기억이 떠올랐다.

"지금까지 마음이 끌리는 사람은 없었어?"

"저요?"

"응."

"당신 말고는 없었어요."

"거짓말 마."

"어머, 왜요? 그렇잖아요. 이런 나를 누가 상대해 주겠어요."

"못 믿겠는걸."

"그래요? 하지만 이제부터 노력해 보려고요. 그래야

사는 보람도 있지."

"이젠 수명이 꽤 길어졌으니까."

"네, 오래오래 살 거예요. 늙어 꼬부라질 때까지."

"바람도 계속 피울 생각인가?"

"어쩜 말을 그런 식으로 하는 거죠? 당신에겐 예전의 순진했던 모습이 조금도 없네요. 예전엔 당신, 정말 순진했는데."

다베는 긴의 은제 담뱃대를 집어 빨아 보았다. 씁쓸한 담뱃진이 혀에 감긴다. 손수건을 꺼내 침을 퉤 뱉었다.

"안 닦아서 막혔나 봐요."

긴은 웃으면서 담뱃대를 휴지에 대고 톡톡 두드렸다. 다베는 긴의 생활이 신비롭게 느껴졌다. 세상의 잔혹함이 어디 한 군데 흔적을 남기지 않았으니 말이다. 2~30만 엔 정도는 그럭저럭 융통해 줄 수 있을 만한 살림살이로 보였다. 다베는 긴의 육체엔 아무런 미련도 없었지만, 이 삶의 밑바닥에 숨겨져 있는 여자의 풍족한 생활에 매달리고 싶은 심정이었다. 전쟁터에서 돌아와 의욕만 가지고 사업을 시작했지만, 형이 준 자금은 반년도 안 되어 바닥나 버렸다. 이제 곧 아내가 아닌 다른 여자에게서도 아이가 태어난다. 긴을 떠올리고 혹시나 하는 마음으로 찾아왔지만, 예전과 같은 맹목적인 모습은 사라지고 그녀는 이제 상당히 분별력이 있어 보였다. 다베를 오랜만에 만났는데도 긴은 전혀 달아오르지 않았다. 반듯한 자세와 단정한 표정의 긴에게 다베는 쉽게 다가갈 수 없었다. 그는 다시 한번 긴의 손을 꽉 잡아 보았다. 그녀는 상대방이 하는 대로 맡기고 있었다. 나가히바치 쪽으로 몸을 내밀지도 않았고 한 손으로 담뱃대의 진을 떼어내고 있을 뿐이었다.

오랜 세월이 흐르는 동안 온갖 복잡한 감정은 각자 가슴속에 묻어 버렸다. 서로 그리워하던 그 시절로 두 번 다시 돌아갈 수 없을 만큼 둘 다 나이를 먹은 것이다. 아무 말 없이 서로의 현재 모습을 비교하다 환멸의 굴레에 빠져 버렸다. 두 사람은 소설처럼 우연히 만난 것이 아니라 삶에 지칠 대로 지친 상태에서 만난 것이다. 소설이 훨씬 달콤할지도 모른다. 미묘한 인생의 진실. 두 사람은 서로를 거절하기 위해 지금 만나고 있는 것이다. 다베는 긴을 죽이는 상상을 했다. 하지만 이런 여자라도 죽이는 건 죄라고 생각하니 묘한 기분이 들었다. 아무도 관심 없는 여자 한두 명쯤 죽이는 게 별일이겠냐 싶은데 그것도 죄가 된다니 어이가 없었다.

'기껏해야 벌레나 다름없는 늙은 여자가 아닌가.'

하지만 이 여자는 어떤 일에도 흔들림 없이 여기 이렇게 살아 있다. 두 개의 옷장 안에는 50년 동안 장만한 옷들로 가득 차 있을 것이다. 미셸이라는 프랑스인에게 받았다는 팔찌를 한 번 본 적이 있는데 그런 보석들도 꽤 있겠지. 이 집 역시 그녀의 소유일 게 틀림없다. 말 못하는 하녀를 둔 여자 한 명 죽여 봤자 문제 될 게 없다는 대담한 상상을 해보았다. 그러면서도 이 여자에게 정신이 팔려서 치열한 전투 중에도 밀회를 이어갔던 학창 시절의 추억이 숨 막힐 정도로 생생하게 되살아났다. 취기가 돌아서인지 앞에 있는 긴의 옛 모습이 자신의 피부 속으로 묘하게 스며들었다. 딱히 그녀의 몸에 손댈 생각이 없으면서도 긴과의 추억이 가슴에 짙은 그늘을 드리웠다.

긴이 벽장 속에서 다베의 학창 시절 사진 한 장을 꺼내 왔다.

"이런, 희한한 걸 가지고 있군."

"스미코네서 가져온 거예요. 이때가 나랑 만나기 전이죠? 귀공자 같았네요. 곤가스리 무늬*도 잘 어울리고. 가지고 가서 부인에게 보여 주면 좋아하겠어요. 잘생겼네요. 수준 낮은 얘기를 할 사람으로는 안 보여요."

"이런 시절도 있었군."

"그러게요. 이대로 잘 컸다면 다베 씨도 대단한 인물이 되었겠죠?"

"그럼 지금 내 모습이 별로라는 건가?"

"네, 그래요."

"그거야 당신 때문이지. 전쟁도 너무 길었고."

"에이, 핑계대지 마세요. 그런 건 이유가 안 돼요. 당신은 아주 속물이 돼버렸다니까요."

"흠...... 속물이라. 인간이 원래 그런 거야."

"그에 비하면 이렇게 오랫동안 사진을 간직하고 있는 난 꽤 순진하죠?"

"조금은 추억이 될 테니까. 나한테는 안 줬지?"

"내 사진 말인가요?"

"응."

"사진 주는 건 좀 겁나요. 그래도 예전에 내가 게이샤였을 때 사진, 전쟁터로 보냈잖아요."

---

* 감색 바탕천의 흰색 잔무늬.

"잃어버렸어."

"그것 봐요. 내가 훨씬 순수하다니까."

나가히바치 안의 잿더미는 마치 성벽처럼 쌓여 있어서 무너질 일이 없을 것 같았다. 다베는 완전히 취해 버렸다. 긴은 첫 잔 그대로였고, 그것도 아직 반 이상이나 남아 있었다. 다베는 차가운 차를 단숨에 들이켜고 관심 없다는 듯 자기 사진을 테이블 위에 놓았다.

"전차 시간, 괜찮아요?"

"안 갈 거야. 설마 취한 사람을 이대로 쫓아내진 않겠지?"

"아뇨. 내쫓아 버릴 거예요. 여긴 여자만 사는 집이라서 옆집 눈치도 보이고."

"옆집? 이런, 당신이 그런 걸 신경 쓰는 사람이었나?"

"신경 쓰죠."

"남편이라도 오나 보지?"

"그런 말을 하다니. 다베 씨 정말 싫다. 소름이 다 끼치네. 당신 얼마나 한심해 보이는지 알아요?"

"상관없어. 어차피 돈을 못 구하면 집에 못 가. 여기 좀 있어야겠어."

긴은 양손으로 턱을 괴고 큰 눈을 부릅뜬 채 다베의 창백한 입술을 뚫어지게 쳐다보았다. 백 년의 사랑도 식는 법이다. 잠자코 눈앞에 있는 남자를 찬찬히 살펴본다. 서로를 향한 좋았던 감정은 이미 모두 사라져 버리고 없었다. 청년기의 수줍음 같은 것도 전혀 보이지 않았다. 돈을 조금 쥐어 주고 돌려보내고 싶은 심정이었다. 하지만 긴은 볼썽사납게 취해서 눈앞에 널브러져 있는 남자에게 단 한 푼도 주고 싶지 않았다. 차라리 순진한 남자에게 주는 편이 낫다. 자존심이 없는 남자만큼 매력 없는 것도 없다. 자신에게 빠져서 정신 못 차리고 맹목적으로 다가오는 순진한 남자들이 여러 명 있었다. 남자의 그런 순진한 모습에 마음이 끌렸고 고상해 보였다. 그녀가 유일하게 흥미를 느끼는 건 이상적인 남자를 고르는 일뿐이었다. 긴은 다베가 한심한 남자로 추락해 버렸다고 느꼈다. 전쟁터에서 죽지 않고 살아 돌아온 억세게 운이 좋은 그를 보면서 긴은 운명에 대해 생각했다. 히로시마까지 다베를 찾아갔던 그 수고만으로도 충분했던 것이다. 이 남자와는 진작에 끝냈어야 한다는 생각이 들었다.

"왜 그렇게 남의 얼굴을 뚫어지게 쳐다보는 거야?"

"어머, 당신이야말로 아까부터 나를 쳐다보면서 뭔가 재밌는 상상을 하고 있었던 거 아니에요?"

"여전히 아름다워서 넋을 잃고 바라보는 중이었어."

"그래요? 나도 그래요.. 다베 씨가 멋있어졌다고 생각하고 있었어요."

"역설이군."

다베는 살인을 하는 상상을 하고 있었다는 말이 거의 입 밖으로 나올 뻔했지만, 꾹 참고 역설이라는 말로 둘러댔다.

"당신은 남자로서 한창때잖아요. 정말 기대가 돼요."

"당신이야말로 그렇지."

"전 이미 끝났어요. 이대로 시들어갈 일만 남았죠. 몇 년 후엔 시골에 가서 살 거예요."

"늙어 꼬부라질 때까지 오래 살면서 바람피울 거라고 한 건 빈말이었나?"

"저런, 저는 그런 말 안 해요. 추억 속에 사는 여자인걸요. 그게 다예요. 우리 좋은 친구로 지내요."

"잘도 빠져나가는군. 여학생 같은 말은 그만하고. 추억은 이제 됐어."

"그런가요? 하지만 시바마타에 갔던 얘길 꺼낸 건 당신이에요."

다베는 다시 다리를 조급하게 흔들었다. 돈이 필요하

다, 돈. 무슨 수를 써서라도, 하다못해 5만 엔만이라도 긴에게 빌리고 싶었다.

"정말 안 될까? 가게를 담보로 해도 안 돼?"

"어머, 또 돈 얘기? 나한테 그런 말 해봐야 소용없어요. 난 한 푼도 없으니까. 주변에 그렇게 돈 많은 사람도 없고. 있어 보여도 없는 게 돈이에요. 오히려 내가 빌리고 싶네요."

"일이 잘되면 한 자루 가득히 짊어지고 올게. 당신은 내겐 잊을 수 없는 사람이니까."

"됐어요, 그런 인사치레는. 없다고 했잖아요."

가을밤 눅눅한 밤바람이 사방에서 세차게 불어 대고 있었다. 다베는 나가히바치에 있는 부젓가락을 손에 쥐었다. 순간 무서운 분노가 끓어올랐다. 그는 자신을 유혹하는 알 수 없는 그림자를 향해 부젓가락을 힘껏 움켜쥐었다. 마치 번개가 치듯 요동치는 가슴이 그를 자극했다. 긴은 불안한 눈길로 다베의 손을 쳐다봤다. 똑같은 장면을 어디선가 봤던 것처럼 오버랩 되는 느낌이었다.

"당신 취했어요. 자고 가는 게 좋겠네요."

자고 가도 된다는 말에 다베는 부젓가락을 쥔 손에서

퍼뜩 힘을 뺐다. 엉망으로 취한 다베는 비틀거리며 화장실로 갔다. 긴은 다베의 뒷모습을 보면서 자신의 예감이 맞았다는 걸 깨닫고 그를 경멸했다. 전쟁 때문에 사람들의 인간성마저 완전히 변해 버렸다. 긴은 선반에서 히로뽕 한 알을 꺼내서 재빨리 삼켰다. 위스키는 아직 3분의 1이 남아 있었다.

'이걸 다 마시게 해서 곯아떨어지게 해야지. 그리고 내일 내쫓아 버리자. 나는 절대로 잠들면 안 돼.'

긴은 생각했다. 활활 타오르는 나가히바치의 파란 불길 위에서 다베의 젊은 시절 사진을 태웠다. 연기가 뭉게뭉게 피어오르고 타는 냄새가 방 안 가득 고였다. 기누가 살짝 열려 있는 문을 통해 들여다보았다. 긴은 웃으면서 객실에 이불을 깔라고 손짓했다. 종이 타는 냄새를 없애기 위해 얇게 자른 치즈 한 조각을 불 속으로 던졌다.

"뭘 태우는 거야?"

화장실에 다녀온 다베가 하녀의 통통한 어깨에 손을 걸치고 장지문에서 들여다보고 있었다.

"치즈를 구우면 어떤 맛일까 궁금해서 부젓가락으로 집다가 그만 떨어트렸어요."

철 지난 국화

하얀 연기 속으로 시커먼 연기가 곧게 피어오르고 있었다. 전등의 둥근 유리 갓이 구름 속의 달처럼 보인다. 기름 타는 냄새가 코를 찔렀다. 연기 때문에 숨이 막히자 긴은 사방의 장지문을 거칠게 열어젖히고 다녔다.

작품 소개

철 지난 국화
(晚菊)

　1948년 11월 ≪별책 문예춘추≫에 발표한 단편 소설이다. 하야시 후미코가 작가로서의 성숙기에 쓴 작품으로 전후를 살아가는 여성을 그린 걸작으로 꼽힌다. 나루세 미키오 감독에 의해 1954년 영화화되었으며, 1960년에 드라마화되기도 했다.

　50대 중반의 은퇴한 게이샤인 주인공 긴과 부모 자식 뻘만큼 나이 차이가 나는 어린 옛 애인 다베가 조우하게 되면서 둘 사이에 오가는 다양한 욕망에 관한 이야기가 펼쳐진다. 철저한 자기 관리와 경제관념하에 안정된 생활을 누리고 있는 주인공 여자의 씩씩한 모습과 나이는 젊지만 사업에 실패하고 옛 여자를 의지해서 찾아온 젊은 남자의 모습이 대비를 이룬다. 또한 겉모습은 30대로 보일지라도 이미 늙기 시작한 긴의 모습과 그녀의 하녀인 젊은 기누의 모습이 대비되어 그려지며, 어떻게든 늙어 보이지 않으려고 기를 쓰는 주인공 여자의 모습이 안쓰럽게 느껴지기도 한다.

돈을 노리고 찾아온 젊은 옛 애인과 주인공 여자 사이에서 벌어지는 젊음과 물질에 대한 욕망이 서로 부딪히며, 화자의 시점이 여자에서 남자로, 남자에서 여자로 교차될 때마다 긴장감이 고조된다. 그래서 결국 돈을 줬는지 안 줬는지 둘의 관계가 궁금하지만, 소설은 거기에서 끝이 난다.

남자와 여자, 젊다는 것과 나이 든다는 것에 대해 생각해 보게 하는 작품이다.

작가 소개

하야시 후미코
(林芙美子 1903~1951)

하야시 후미코는 야마구치현 출생으로 오노미치 시립 고등여학교를 졸업했다. 불우한 어린 시절을 보내며 식모, 행상인, 여급 등 다양한 직업을 전전했지만, 작가가 되고자 하는 꿈을 품고 견디어 냈다.

25세 때 ≪여인예술≫에 발표한 자전적 소설인 「방랑기」가 평판을 얻으며 작가로 데뷔했다. 1948년 「철 지난 국화(晩菊)」로 여류문학자상을 받았다. 중국, 파리, 런던 등을 여행하면서 기행문을 투고했으며, 중일전쟁 중 ≪매일신문≫의 특파원으로 현지에 가기도 했다.

하야시 후미코가 문단에 막 등장했을 때 문단에서는

'가난을 파는 아마추어 소설가', '단 6개월의 파리 생활을 팔아먹는 벼락부자 소설가' 그리고 중일전쟁과 태평양전쟁 중에는 '북치고 나팔 불며 군국주의를 부추긴 어용 소설가'라며 박한 평가를 했다. 그러나 문단의 평가와는 별개로 대중은 그녀의 작품을 지지했다. 가난한 환경에서 성장한 작가가 서민에 대한 따뜻한 시선으로 그린 작품이 인기를 얻으며 그녀는 베스트셀러 작가가 되었다.

인기 작가가 된 후로도 집필 의뢰를 거절하지 않고 끊임없이 집필을 계속했다. 1949년부터 사망한 해인 1951년에 걸쳐서는 9편의 중·장편을 병행해 집필하며 신문과 잡지에 연재하였다. 이런 과도한 작업 탓인지 47세의 나이에 심장마비로 사망하였다.

그녀의 생활

다무라 도시코 지음
안영신 옮김

1

그녀가 닛타와 결혼한 건 스물한 살 때였다.

두 사람은 우연한 계기로 만났고 그때부터 닛타는 그녀를 사랑하게 되었다. 마사코도 그를 사랑했다. 닛타는 마사코와 결혼하고 싶어 했다. 하지만 그 무렵 마사코는 자아에 눈을 뜬 젊은 여성들이 그렇듯이 걱정과 두려움 때문에 결혼에 대한 확신이 서지 않았다. 결혼 자체가 두렵다기보다는 결혼 이후 자신의 모습에 대해 지나치게 많은 생각을 하고 있었다. 결혼하고 나서 남자가 자신을 어떻게 대할지 의구심이 들었다. 그래서 다른 사람들의 결혼 생활에 관심을 기울이게 되었다.

그들의 모습을 자세히 살펴본 마사코는 여자들의 삶이 굴욕 그 자체라는 사실에 분개했다. 여자들의 허리엔 굵은 쇠사슬이 감겨 있고 얼굴은 유령처럼 창백했다. 사랑하는 남자에 대한 질투와 권태로운 생활 때문에 히스테리를 일으키기도 했고 온종일 갓난아기의 기저귀를 빨아 대느라 지쳐서 물 한 바가지를 푸는 것도 힘들어했다. 그리고 남자에게 철저히 순종하는 모습도 보였다. 남편과 아이로 인해 심장은 짓눌렸고 맑게 돌던 피는 막힌 하수구 물처럼 혼탁해져 있었다. 순수한 사랑에 대해 깊이 생각할 여유가 없었다. 개나 고양이가 자기 새끼를 챙기듯이 그저 본능에 따라 분주하게 아이들을 돌보는 것밖에 몰랐다. 가정에 대해서나 집안일에 대해 책임이라는 걸 생각할 여유가 없었다. 집안일이란 그저 눈앞에 닥친 일을 정신없이 처리하는 것에 불과했다. 매일같이 가족의 빨랫감이 눈앞에 산더미처럼 쌓이고 일거리가 온종일 끊이지 않았다. 인생에서 매우 중요한 '책임'의 의미를 찾기엔 너무 지쳐 있었던 것이다. 영혼 없이 끌려다니는 커다란 인형처럼 완전히 넋이 나간 채 허우적

거리며 하루하루를 보내고 있었다.

마사코는 이런 여자의 삶을 생각하는 것만으로도 끔찍했다. 절대로 그렇게 살긴 싫었고 자신의 인생을 제대로 살고 싶었다.

'결혼은 남자한테 영혼을 빼앗기는 거나 다름없어. 나는 나 자신을 소중히 여기면서 혼자서 살 거야. 사랑을 핑계로 결혼이라는 함정에 빠질 순 없어!'

이렇게 결심했다. 마사코는 경제적인 안정을 위해 일을 하고 있었다. 글재주가 뛰어난 건 아니지만 그걸로 생활비를 벌어가면서 자기 개발을 위해 꾸준히 공부하고 있었다. 그랬던 그녀가 뜻밖에도 닛타를 만나 사랑에 빠진 것이다.

닛타는 마사코에게 결혼하자고 했다. 그는 사랑하는 여자와 함께하고 싶어 했다. 하지만 마사코는 한동안 대답하지 않았다. 생각이 많았던 그녀는 뜻하지 않게 찾아온 사랑을 결혼으로 이어가야 할지, 아니면 자신의 신념을 끝까지 밀고 나가기 위해 사랑을 포기해야 할지 고민했다. 그리고 이런 고민이 자신과 어울리지 않는다는 생각 때문에 더욱 괴로웠다.

"난 그냥 자유롭게 살고 싶어요. 사랑도 자연스럽게

하고 싶어요. 사랑한다고 반드시 결혼을 해야 하는 건 아니잖아요.. 결혼 같은 건 생각하지 말고 우리 서로 자유롭게 사랑할 순 없나요?"

 닛타에겐 그녀의 말이 육체적 사랑을 모르는 몽상으로밖에 들리지 않았다. 그는 오히려 이렇게 진지한 마사코의 태도가 우스웠다. 그는 자신이 얼마나 열렬히 마사코의 육체를 원하고 있는지 털어놓았다. 노골적인 그의 말에 마사코는 얼굴을 붉혔지만 남자의 욕망을 비난할 수는 없었다. 닛타의 욕망은 자연스러운 것이라고 생각했다. 하지만 그녀는 결혼할 마음이 생기지 않았다. 육체를 원하는 감정보다도 결혼을 하겠다는 남자의 의지가 오히려 비겁하게 느껴졌다. 연인에게 육체를 허락하는 건 마사코가 자유롭게 결정할 일이지만 결혼에 응하는 건 다른 차원의 문제였다. 그건 결국 자신의 인생이 남자의 손아귀에 들어가게 하는 것이었기 때문이다. 결혼을 하자고 재촉하는 건 평생 꼼짝없이 갇혀 지내도록 자신의 몸에다 쇠사슬을 묶으려는 것과 다름없다고 생각했다.

 "결혼은 안 할 거예요."
 "그건 잘못된 생각이야."

마사코의 말에 닛타가 대답했다.

"내가 세상 남자들이랑 똑같다고 생각하는 건 아니겠지? 난 다른 사람들보다 훨씬 더 여자의 삶을 잘 이해하고 있어. 결코 당신을 나보다 열등한 존재라고 생각하지 않아. 어디까지나 나와 동등한 권리를 가져야 한다고 생각해. 나는 누구에게도 의존하지 않으려는 당신의 의지를 존중하고 있어. 당연히 우린 세상의 여느 부부들과는 다른 관계를 만들어 갈 거야. 어디까지나 당신은 나의 반려자이고 난 당신의 친구야. 지금보다 더 당신의 자유를 인정할 거고 당신이 가고자 하는 길을 열어줄 생각이야. 당신을 자유롭게 해주는 게 내가 자유롭게 사는 길이기도 하니까. 난 당신이 그저 가정에만 매여 있는 여자가 되길 바라진 않아. 당신을 아내로 맞이한다는 건 독립된 인격체로서 당신을 존중한다는 의미이고 그게 바로 내가 원하는 이상적인 결혼이야. 그건 정신적인 결혼이기도 하지. 결혼의 진정한 의미는 그런 게 아닐까? 그런 결혼이 아니라면 나 역시 결혼할 필요가 없어."

그의 말이 마사코의 마음을 움직였다.

'저 사람은 분명 여자를 진심으로 이해하고 있어. 단순히 나를 이해해 주는 그런 차원이 아니라 여자라는 존

재에 대해 깊이 이해하고 있는 거야!'

 마사코는 한층 더 그가 존경스러웠다. 그의 말대로 결혼의 진정한 의미는 서로를 존중하는 것이다. 그는 나의 자유를 인정하고 내 의지와 예술을 존중해 주려는 것이다. 마사코는 이 남자의 말을 믿지 않을 수 없었다. 나의 연인은 생각이 매우 진보적이다. 이렇게 이해심 많은 사람 곁에 있는 자신이야말로 세상에서 가장 행복한 여자인 거 같았다.

 두 사람은 결혼했다. 닛타의 집으로 들어간 마사코는 닛타의 아내라는 이름으로 아침저녁을 그와 함께 보내게 되었다. 둘은 각자의 방에서 지냈고 서로의 방에 함부로 들어가지 않기로 했다. 마사코는 자신의 방에서 공부를 했다. 남편에게 얹혀사는 건 자존심이 허락하지 않는 일이었기에 마사코는 아주 사소한 일이라도 스스로 해내야 한다는 걸 잊지 않았다. 철학자이자 평론가인 닛타도 자신의 서재에 틀어박혀 집필과 독서에 몰두했다.

 청소와 빨래, 식사 준비, 이 모든 걸 마사코 혼자 감당하기 어려웠기 때문에 집안일을 도와줄 사람이 필요해졌다. 가정주부가 되면서 그녀의 사상이 퇴보하기 시작한 건 그런 일들에서 비롯되었다. 두 사람은 그게 두려웠다. 집안일 때문에 마사코가 소중한 공부 시간을 빼앗기는 건 닛타에게도 고통이었다. 그래서 가정부를 두었다. 하지만 일하는 사람을 몇 번이나 바꾸어도 그들이 원하는 이상적인 가정부는 단 한 명도 찾을 수 없었다.

오는 사람마다 하나같이 일 처리가 엉망이었다. 질서도 규칙도 없었고 깔끔하지도 않았다. 그들은 머리가 녹이 슨 것처럼 지시하지 않으면 움직이지 않았다. 그들은 충실이라는 말의 의미를 잘못 이해하고 있었다. 시키는 그대로 하는 게 충실하다고 생각했고 시키지 않는 일은 그냥 내버려 두었다. 시키지 않아도 알아서 하는 걸 주제넘은 짓이라고 여겼던 것이다. 마사코가 굳이 말하지 않아도 알아서 척척 해주는 그런 가정부는 도저히 구할 수 없었다.

마사코는 금방 지쳐 버렸다. 일을 시키는 데 지치고 가르치는 데 지쳤다. 그녀는 서재에 있으면서도 가정부에게 집안일을 순서대로 지시해야 했고, 이렇게 반복되는 일상에 신경이 예민해져 갔다. 가정부의 굼뜬 움직임 하나하나가 마사코의 신경을 건드렸다. 마사코는 온종일 이렇게 가정부와 씨름하느니 차라리 혼자서 하는 게 편할 것 같았다. 그렇게 하는 게 오히려 자신의 시간을 더 많이 확보할 수 있을 것 같다는 생각이 들었다. 가정부는 남편도 함부로 출입하지 못하는 마사코의 서재에 불쑥 들어왔다. 이건 어떻게 하느냐 저건 어떻게 하느냐 일일이 물어보는 바람에 조용히 사색에 잠길 수가 없었다.

마사코는 결국 가정부를 내보냈다. 집안일을 하는 시간과 공부 시간을 구분하여 부엌에 있을 때는 부엌일에만 집중할 수 있도록 습관을 들였다.

그건 그리 어려운 일이 아니었다. 닛타도 집안일을 분담하려고 했고 그것이 자신과 동등한 권리를 가진 사람에 대한 의무라고 생각했다. 그는 마사코가 부엌으로 나오면 따라 나왔다. 마사코가 채소를 써는 동안 닛타는 가스에 불을 붙였고 마사코가 설거지를 하면 그걸 행주로 깨끗이 닦아 주었다. 집 안 청소도 둘이서 같이했다. 그렇게 하니까 가정부가 해주는 것보다 수월하게 맛있는 식사를 준비할 수 있었다. 아무 도움도 안 되는 가정부가 있을 때보다 집이 깨끗해져서 마음이 편했다. 육체노동은 사색에 지친 마사코의 기분을 전환시켜 주었다. 그녀는 가녀린 팔에 힘을 줘가면서 꽤 넓은 집 안을 깨끗이 청소했다. 하얀 앞치마를 두르고 부엌칼로 채소를 써는 일이 흥미롭게 느껴지기도 했다.

"집안일을 하는 게 오히려 좋은 것 같아요. 맞물린 톱니바퀴처럼 머리가 아주 예리하게 잘 돌아가요. 저에게 이런 면이 있다는 걸 알게 되어서 정말 기뻐요."

마사코는 부지런히 일했지만 그게 오래 지속되지는 않았다. 어떻게 처리하면 좋을지 알 수 없는 잡다한 일들이 그녀 앞에 쌓여만 갔다. 남편의 셔츠를 빨고 양말을 깁는 일까지 마사코는 세심하게 신경 써야 했다. 집안은 잘 정돈되었다가도 금세 어질러졌다. 손님이 올 때마다 차와 커피를 끓여 내오는 일은 모두 그녀의 몫이었다. 사소해 보이는 그런 일들이 마사코의 시간을 빼앗았다. 처음에는 닛타도 미안한 마음에 본인이 손님 대접을 하려고 했다. 하지만 여자가 그러하듯 남자 또한 자신의 시간에 대해 생각하지 않을 수 없었다. 닛타도 마사코와 마찬가지로 집안일을 맡아서 하고 있었다. 마사코를 도우려고 했던 닛타는 본업에 집중해야 할 시간에 자질구레한 일로 시간을 허비하고 있다는 생각이 들자 집안일에 점점 게을러졌다. 특히 그에게는 남자로서 한 가정을 책임져야 하는 막중한 의무가 있었다. 생계를 위해 더 많은 일을 해야만 하는 상황이었다. 이를 의식할수록 그는 자연스레 바깥일만 중요시하였고 셔츠를 빨거나 음식 준비를 돕는 집안일은 하찮게 여기게 되었다. 책상 앞에 앉아 있다가도 부엌에서 소리가 나면 부리나케 달려 나가던 배려 깊은 행동은 어느새 자취를 감추고 말았다. 결국 마사코가 해야 할 일은 점점 늘어만 갔다. 집안일이라는 게 말처럼 그렇게 간단하지 않았다. 쓰레기처럼 뒤섞인 잡다한 일들은 살림 경험이 없는 그녀를 더욱 힘들게 했다.

마음이 어수선해서 집안일이 손에 잡히지 않았다. 하지만 마사코는 닛타가 하는 일을 이해하고 그를 사랑했기에 다시 마음을 다잡았다. 남편을 기분 좋게 해줘야겠다는 생각으로 스스로를 격려하며 힘을 냈다. 현명한 그녀는 남편에게 세심하게 주의를 기울였고 배려를 아끼지 않았다. 닛타의 감정과 감각이 매 순간 그대로 느껴졌던 마사코는 그의 마음이 편안해지도록 신경을 썼다.

밖에서 많은 사람을 만나야 하는 닛타는 외출이 잦았다. 그에 반해 마사코는 밖에 나갈 일이 전혀 없었다. 근처에 장을 보러 나가는 일 외에는 몸을 치장하고 외출하는 게 너무 귀찮아졌다. 혼자서 집안일을 책임져야 했기 때문이다. 그녀는 신경 써서 집안일을 꼼꼼하게 처리했고 공부 시간을 한 시간이라도 더 확보하는 데만 집중했다. 몇 주나 집에 틀어박혀 지내던 마사코는 자다 깨다 하며 밤잠을 설치고서 환하게 밝은 아침 하늘을 멍하니 바라볼 때도 있었다. 그럴 때면 혼자 자유롭게 여행하던 시절의 즐거웠던 기분이 떠올라 마음이 싱숭생숭해지기도 했다. 하지만 그녀는 그런 생각을 곧바로 지워 버렸다.

"지금 난 여행 따위에 관심 없어."

2

자기 방에 틀어박혀 있던 마사코는 공부에 집중하지 못하고 자꾸 딴생각에 빠졌다. 현재의 삶에 대해 곰곰이 생각하다 보니 부부의 사랑조차 고통스럽게 느껴지기도 했다. 자기도 모르는 사이에 닛타의 시선으로 자기 자신을 바라보는 비굴한 감정에도 혐오감이 들었다.

현재의 생활은 어쨌든 남자에게 종속되어 가고 있었고 그건 거부할 수 없는 현실이었다. 여자의 자유를 인정하고 여자가 가고자 하는 길을 열어 주겠다고 맹세한 닛타 역시 지금의 생활이 여자의 자유를 빼앗고 있다는 걸 알고 있었다. 날카롭고 왕성한 예술 감각으로 밝고 활기차게 지냈던 마사코가 기운이 없고 안색도 창백해져서 집에만 틀어박혀 있는 게 닛타는 안쓰러워서 견딜 수 없었다. 되도록 번잡한 집안일에서 해방시켜 주고 싶었지만 그런 노력도 오래가지 못했다. 닛타는 인내와 신념으로 열심히 집안일을 해나가는 애처로운 아내의 모습을 지켜보며 마음을 놓고 그냥 고개를 돌릴 수밖에 없었다.

"공부는 할 수 있겠어?"

"네, 할 수 있어요."

그녀의 대답에 닛타는 안심했다. 온갖 정성을 쏟으며 자신에게 최선을 다하는 아내가 곁에 있어서 행복했다. 서재에 틀어박혀 일에 몰두할 때의 마사코보다 아내로서 자신을 챙겨 주는 마사코에게 더욱더 깊은 사랑을 느꼈다. 속마음은 이런데도 아내가 서재에 머무는 시간이 많아지길 바라고 있는 현실이 고통스러웠다. 하지만 자신의 사상적 동지에 대한 모욕이라는 생각이 들어서 그런 마음을 털어놓지 않았다. 그녀에게 너무 염치없는 일이라며 자책했다. 그렇지만 세심한 주의를 기울이며 부지런히 집안일을 하는 아내로서의 마사코가 아름답고 사랑스러워 보이는 건 어쩔 수 없었다. 닛타는 자신이 겪고 있는 사색의 괴로움이 마사코의 얼굴에까지 드러나는 걸 원치 않았다. 그렇긴 해도 자기 때문에 그녀가 전업주부가 되어 가는 건 슬픈 일이었다.

마사코는 닛타가 자신에 대해 어떤 생각을 하고 있는지 전부 알고 있었다. 헌신적인 자신의 모습을 보면서 닛타가 무의식적으로 만족스러워하는 표정을 드러내는 걸 보고는 놀라기도 했다. 그럴수록 현실에 실망했다. 하지만 닛타가 그런 아내를 원한다 해도 그를 향한 마사코의 사랑은 변함이 없었다. 그가 원한다면 착하고 사랑스러운 아내가 되겠다는 마음이 어느샌가 커져가고 있었다. 그것이 마사코에게 타협의 시작이었다.

지칠 대로 지친 마사코는 자신의 삶을 올바르게 판단하고 진심으로 이해해 보려고 했다. 집안일을 제대로 해낼 능력이 없는데도 불구하고 그 일을 처리해야만 하는 현실, 남편에 대한 사랑과 남편의 일에 대한 이해 그리고 가장 중요한 자신의 예술과 자유, 결혼 생활에 점차 짓눌려 가는 삶의 괴로움, 이런 것들을 계산하듯 하나씩 생각하고 써보고 비판해 보기도 했다. 부엌에 있을 때도 도저히 일을 계속할 수 없을 정도로 괴로웠다. 게다가 그녀는 모든 일에 완벽을 추구했기 때문에 집안일에 집중하면 할수록 세심하게 신경 쓰지 않고는 못 배겼다. 특히 남편의 옷을 세탁하고 음식을 준비할 때면 더 예민해졌다. 대충 넘어가지 못하는 성격 때문에 오히려 스스로를 괴롭히고 있었던 것이다.

그녀는 그런 곤혹스러운 상황에서 벗어나기 위해 혼자 지내던 시절로 되돌아갈까 몇 번이나 생각했다. 그렇게 되면 어머니가 집안일은 물론이고 자신의 뒷바라지도 해줄 것이다. 자신의 옷도, 밥 짓기와 빨래도 일일이 귀찮게 신경 쓸 필요가 없다. 닛타처럼 자유롭게 일하고 공부할 수 있는 것이다. 뭐든지 혼자 결정하던 시절이 그리워진 마사코는 그때로 다시 돌아가야겠다고 마음먹었다.

'우리의 사랑은 진실하니까 떨어져 지낸다 해도 사랑이 깨질 일은 없어. 오히려 둘 다 혼란스러운 생각에서 벗어나 조용히 공부를 계속할 수 있을 거야.'

하지만 그건 그저 생각에 불과했다. 반년이나 함께 살다가 떨어져 지내는 건 매우 힘든 일이다. 그걸 노력으로 극복하는 것이 불가능했던 마사코는 다시 이런저런 생각을 했다.

'지금 너에겐 사랑이 전부야. 사랑밖에 없어. 이 사랑을 더 크고 넓게 키워가는 게 지금 너에게 가장 자연스러운 삶이야!'

이런 새로운 의미를 찾게 되자 마사코는 정신이 번쩍 들었고 자신의 삶에 대한 확고한 믿음이 생겼다. 그 믿음을 놓치지 않으려고 혼신의 힘을 다했다. 사랑이 있는 삶은 아름답고 순결하며 행복한 것이라고 되뇌면서 삶의 의미를 사랑에서 찾기로 했다.

한때는 남자를 위해 머리 손질과 화장에 시간을 소비하는 건 떳떳하지 못하다고 여겼다. 하지만 남자에 대한 사랑 때문에 자신을 아름답게 꾸미는 거라고 생각하니 마음이 편해졌다. 집안일도 남자에 대한 진심을 표현하는 거라 생각하니 기분이 한결 나아졌다. 집안일을 힘들다고 여기는 것이야말로 비겁했다. 모든 일을 세밀하고 분명하게 구분지어서 해야 한다. 그렇게 하는 게 강해지는 길이다.

마사코는 그렇게 생각했다.

'집안일을 아무런 문제없이 잘 하면서 나의 길을 열어가는 거야. 아내로서 노력을 다하는 한편 영혼을 지닌 여자로서의 삶도 게을리하지 않을 거야. 그것은 결코 모

순된 삶이 아니야. 충실한 내 사랑이 이 두 가지 역할을 조화롭게 해나가게 할 테니까.'

  이로써 그녀의 혼란스러운 마음은 어느 정도 안정되었다. 그녀는 즐겁게 집안일을 하고 나서 여유롭게 서재에서 일할 수 있었다. 그런 느긋함이 기분 좋게 느껴졌다. 그녀는 자연스럽게 닛타의 기분을 살필 수 있게 되었다. 두 사람은 여느 부부처럼 서로 사랑하는 게 점점 즐거워졌다. 남편이 힘껏 안아 줄 때 아내의 마음은 편안했고 여기에 이기적인 감정이 전혀 없다는 게 그녀에겐 매우 아름답게 느껴졌다. 우정 같다고나 할까. 반려자라는 의미에서 우정이라고 표현했지만 불확실한 우정과는 달리 남편의 사랑은 건실했고 동경할 만한 강한 힘이 있었다. 마사코는 그 강력한 사랑에 매료될 때가 있었다. 그럴 땐 자기도 모르게 닛타에게 애교스러운 모습을 보이기도 했다. 하지만 이제 마사코는 이를 비굴하다고 여기지 않게 되었다. 남녀의 자연스러운 본능적 욕망이 이렇게 미묘하게 다른 모습으로 육체에 나타난다는 것에 그녀는 한층 더 깊은 매력을 느꼈다.

3

 2년이라는 세월이 흘렀고 한동안 그들은 행복했다. 그녀는 사랑이라는 신앙에 매달려 모든 불만과 부족함을 떨쳐내고 있었다.
 하지만 사랑의 믿음도 그녀의 손에서 빠져나갈 것 같았다. 두 사람은 서로 사랑하면서도 싸울 수밖에 없는 현실에 몇 번이나 부딪혔다. 다툼이 있고 나면 곧바로 뉘우치긴 했지만 그때마다 애매한 신경전으로 인한 모욕감을 느꼈다. 그 모욕이 남긴 상처를 그녀는 괴로운 마음으로 응시해야 했다.
 물론 마사코는 서재에서 하는 일을 단념하진 않았다. 집안일도 시간이 갈수록 능숙해졌기 때문에 서재 일도 더 열심히 할 수 있었다. 그 무렵, 결혼 전부터 교류하던 예술계 친구들이 마사코를 만나러 집으로 자주 찾아왔다. 전부 남자였는데 성실한 친구들이었다. 마사코의 재능과 뛰어난 예술성에 경의를 표하며 그녀를 이해해 주는 젊은이들이었다. 집에 와서도 그들은 닛타보다 마사코와 이야기하는 것을 좋아했다. 마사코 역시 자신의 예술 세계를 이해해 주는 그들을 예전처럼 반갑게 맞이하였다. 집안일에 파묻혀 잠시 세상과 멀어져 있다가 오랜만에 친구들을 만난 그녀는 새로운 흥분을 느꼈다. 생기발랄한 그들은 예술에 대한 동경으로 눈이 빛났고 그 눈빛을 보는 것만으로도 마사코는 가슴이 두근거렸다. 새로운 예술적 욕망에 불타는 그들의 이야기는 마사코의 심장에 오랜만에 강한 울림을 주었다. 드넓은 예술의 세계에서 젊은 그들과 손을 맞잡고 춤추고 싶을 만큼 기쁨이 넘쳐흘렀다. 그녀는 그 환희의 순간을 흠뻑 맛보고 감흥에 젖어 친구들과 헤어졌다.

하지만 끓어오르는 예술적 열망을 닛타와 교감하면서 진정시키고자 했던 마사코는 눈앞이 캄캄해질 정도로 절망스러웠다. 왜냐하면 닛타가 그렇게 심술궂고 냉담하게 군 적이 없었기 때문이다. 그는 몹시 불쾌한 표정으로 이상하리만치 침묵에 빠져 있었다. 고통을 꾹 참고 있는 듯한 남자의 예민한 침묵이 그녀의 가슴을 채찍으로 내리치는 것 같았다. 마사코는 비참했다. 거칠어진 호흡을 누르며 닛타에게 왜 그렇게 불쾌한 얼굴을 하고 있는지 조용히 물어볼 수밖에 없었다. 그러자 그가 말했다.

"그 친구들과 안 어울리면 안 돼?"

"왜 그래야 하는 거죠?"

"왠지 모르겠어. 당신이 그 사람들과 함께 있는 게 괴로워."

"당신이 어떻게 그런 말을!"

자신을 이해해 주지 않는 남자의 말에 놀란 마사코는 잠자코 그의 얼굴을 쳐다보았다.

"당신은 나를 조금도 존중하지 않네요!"

그녀는 조용히 말했다.

"그들은 저에게 가장 소중하고 고마운 친구들이에요. 왜 그 친구들을 만나면 안 되는 건가요? 이상하잖아요. 내가 당신에게 친구들을 만나지 말라고 할 권리가 없는 것처럼 당신도 그래야 하는 거 아닌가요? 왜 그런 말을 하는 거죠?"

"그게 아니라, 당신이 젊은 남자들과 얘기하는 게 불쾌하다는 거야."

"어머, 정말 뭘 모르시는군요. 비겁해요. 이렇게 나를 모욕하다니. 나의 자유를 존중해 준다고 해놓고."

마사코는 더욱 심하게 남자를 비난했다. 그건 잘못된 태도라고 말했다.

"저보고 외롭게 지내라는 건가요? 외톨이가 되라고요? 친구가 있으면 안 된다는 건가요?"

마사코는 눈물을 터뜨렸다. 닛타가 너무나 잔인해 보였다. 동정심도 이해심도 없는 바위 같은 남자로 보였다. 그녀는 남자에 대한 증오로 가득했다.

"내가 잘못하고 있다는 건 알아. 하지만 나도 어쩔 수가 없어."

닛타는 추하고 어리석은 질투심을 어찌할 수가 없었다. 그녀가 원하는 자유로운 삶을 허용하는 건 엄두도 낼 수 없었다.

"당신은 백 명의 친구를 잃는다 해도 고독하지 않을 거야. 왜 고독하다고 생각하는 거지? 나는 당신의 친구 백 명보다 훨씬 더 당신을 이해하고 있잖아. 당신에겐 친구가 없어도 돼. 혼자여도 된다고 생각해."

마사코는 한층 더 격하게 울었다. 너무도 자기중심적인 남자를 저주하며 계속 울었다.

하지만 결국 사랑의 힘이 두 사람의 관계를 회복시켰다. 닛타는 자신의 질투를 부끄러워하며 마사코에게 사과했다. 그건 당연히 상대에 대한 모욕이었다. 그녀는 다시 활기찬 일상으로 돌아갈 수 있었다. 친구들의 열정적인 얘기를 벅찬 감정으로 닛타에게 전할 수 있게 되었다.

'서로를 이해한다는 건 정말 기분 좋은 일이야. 행복

한 일이지. 절대로 마사코에게 실망을 안겨 줘선 안 돼!'

닛타는 마음속으로 결심했다.

하지만 그것도 잠시뿐이었다. 그는 마사코가 친구들을 만나면 불쾌한 감정을 감추지 못했다. 못마땅하다는 듯 어두운 표정으로 한동안 마사코에게 말도 걸지 않았다.

'저 사람은 괴로워하고 있어. 우리가 약속했던 결혼의 의미를 벌써 잊어버린 거야. 세상 여느 남자와 다를 바 없어. 진보적인 생각으로 여자를 이해해 줄 수 있는 남자가 아니야!'

마사코는 혼자서 욕도 해봤지만 어느덧 닛타를 이해하는 마음이 자연스럽게 생겨났다.

그녀는 어두운 절망의 밑바닥에 웅크릴 수밖에 없었다. 남편을 두려워할 만한 이유는 전혀 없었지만 닛타의 불쾌한 표정을 보는 건 견디기 힘들었다.

"당신은 저를 믿지 않고 이해하지도 못하는 군요. 저를 모욕하고 있는 거예요!"

몇 번이나 호소해 봤지만 질투를 억누르며 고통스러워하는 남자의 모습에 오히려 동정심을 느꼈고 모두 용서해 주고 싶었다. 결국 그녀는 가장 친했던 친구들을 멀리하게 되었다. 아무 잘못도 없는 젊은 예술가들은 어느덧 그녀와 점점 멀어져 갔다.

"지금 할 일이 좀 많아서……."

"지금 손님이 계셔서……."

마사코는 이런 식으로 친구들을 피하며 닛타의 고통을 조금이라도 덜어 주려고 했다. 그녀가 친구를 만나지 않게 되자 닛타는 정말이지 크게 죄를 뉘우치는 사람처럼 고개를 숙인 채 마사코를 제대로 쳐다보지도 못했다. 그럴 때면 두 사람은 한층 더 깊이 서로 사랑했다.

하지만 마사코는 외로웠다.

'어떻게 하면 좋을까!'

그녀는 끊임없이 초조하게 자신의 주위를 둘러보았다. 자신의 세계가 크게 확대되길 바랐지만 오히려 그 반대로 흘러가는 현실이 너무 슬펐다. 오로지 닛타 한 사람하고만 붙어 있어야 한다는 건 너무도 갑갑한 일이었다. 그녀는 닛타 말고는 그 누구도 사랑할 마음이 없었다. 그저 예술적 영감을 나누는 친구들이 주변에 있길 바랄 뿐이었다. 그 친구들은 마사코의 예술적 욕망을 새롭게 불러일으키면서 자극을 주는 존재였다. 그녀는 닛타를 위해 그렇게 소중한 친구들마저 잃어야 했다.

그녀의 생활

닛타에게도 많은 친구가 있었다. 물론 이성은 아니었다. 닛타는 친구들과 모임을 갖고 서로의 집을 방문하기도 했다. 지금 마사코가 그 친구들과 절교하라고 하면 어떤 반응을 보일까.

"그들은 내 소중한 친구야."

이렇게 말할 게 틀림없다. 남자나 여자나 마찬가지 아닌가. 왜 닛타는 친구가 있어도 되고 나는 안 된단 말인가.

'내 친구들이 동성이었다면 분명히 아무런 문제도 없었을 거야.'

마사코는 마음을 나누고 싶은 진실한 친구가 동성 중에는 하나도 없다는 사실에 낙담했다.

그 무렵 닛타는 외국 장편 소설을 번역하고 있었다. 두 사람의 생활비를 벌기 위해 닛타도 여러 가지 일을 해야만 했다. 마사코는 힘들게 일하는 남편에게 얹혀사는 걸 굴욕으로 여겼기 때문에 공부도 할 겸 쉬운 부분을 골라서 번역 일을 도왔다. 밤이 되면 지쳐 있는 닛타를 위로하는 일도 게을리하지 않았고 낮에도 집안일에 쫓겨야 했다. 닛타도 그런 마사코를 위로했다. 그들은 닛타의 서재에 마주 앉아 번역에 대해 이야기를 나누었다. 그럴 때면 창밖으로 6월의 상쾌한 바람이 불어와 맑은 술 냄새 같은 나무 향기가 방 안에 가득해졌다. 두 사람은 정말 행복했다. 특히 닛타는 더 행복했다. 그녀는 영리한 데다 꾸밈없고 온화했다. 그리고 무슨 일이든 재능을 보였고 일을 마무리하는 솜씨도 좋았다. 사랑이 담긴 그녀의 미소는 아름다웠다. 이 무렵 주변 친구들의 방문이 점차 줄어서 결국 그녀는 완전히 혼자가 되었고 가족인 어머니마저 멀어져 버렸다. 닛타는 자기 일을 정성스럽게 도와주는 그녀가 옆에 있어서 행복했다.

"나는 결코 다른 여자는 사랑하지 않을 거야!"

그가 마사코에게 말했다.

4

마사코는 점점 몸 상태가 안 좋아졌다. 어디라고 딱 집어 말하긴 어렵지만 몸이 고장 난 것 같은 기분이었다. 가슴이 답답하고 두통이 생긴 데다 병든 것처럼 머릿속이 혼탁했다. 닛타는 운동량이 적어서 그런 거라고 말했지만 그녀는 여전히 외출할 마음이 생기지 않았다.

마사코는 점차 자신의 생활이 안정되어 가는 게 두려웠다. 그건 마치 고질병에 걸린 환자에게서나 볼 수 있는 안정감이었다. 몸 안에 병이 있는데도 그것이 조금도 불편하게 느껴지지 않는다는 게 문제였다. 그녀는 결코 행복하지 않았다. 서로가 사랑의 감정을 느끼는 순간 행복했지만 그 행복은 곧 불행으로 바뀌었다. 그리고 닛타의 사랑이 점점 이기적으로 변해 가는 걸 예민하게 느끼지 않을 수 없었다. 현실적인 상황 때문에 여자에게 이기적인 요구를 하게 된다는 건 이해할 수 있었지만 그런 사랑 방식에 마사코는 불쾌감을 느꼈다.

사랑에 대한 믿음이 완전히 무너지는 느낌을 받을 때도 있었다. 점차 색이 바래지는 믿음을 지키기 위해선 상대의 이기적인 사랑까지도 감싸 안아야 했지만 그건 도저히 불가능했다. 삶의 의미를 사랑에서 찾으려는 노력은 너무나 바보 같은 짓이었다. 그런 방식으로 살아가기엔 너무도 큰 욕망이 그녀의 내부에 자리하고 있었다. 그녀는 왠지 자신의 환경을 타파해야 할 거 같다는 생각에 초조해지기도 했다.

'반드시 사랑을 해야만 하는 건 아냐. 나 자신을 위해 저 사람과 싸울 각오가 필요해. 사랑에 대한 믿음 따위

는 나를 타락시킬 뿐이야. 그 믿음 때문에 나 자신을 잃어버려서는 안 돼!'

이렇게 생각한 마사코는 남편의 일을 돕던 걸 그만두고 자신의 서재에서 숨어 지내게 되었다. 거기에서 열심히 창작에 몰두했다. 하지만 살림하던 2년여의 생활 습관이 신경을 자극하여 그녀에게 집안일을 계속 재촉했다. 책상 앞에 앉아 있다가도 갑자기 머릿속에 해야 할 집안일이 차례차례 떠올라서 괴로웠다. 또한 그녀는 닛타의 존재를 완전히 잊어버릴 수도 없었다. 닛타가 외출하면 마음이 안정되었지만 집에 있을 땐 자꾸 그에게 신경이 쓰여서 일에 집중하기가 힘들었다.

그녀의 창작 작업은 조금도 진도가 나가지 않았다. 서재에 있으면서도 집중하지 못하고 멍하니 시간을 보내는 날이 계속되었다. 결국 자신은 스스로의 세계를 만들어낼 수 없는 인간이라며 혼자 슬퍼하기도 했다. 그녀는 점점 히스테릭한 상태가 되어 갔다. 때때로 격하게 울거나 화를 내기도 했다. 활기찬 닛타의 모습에도 질투가 났다. 그리고 자신의 생활을 끊임없이 침식하고 있는 보이지 않는 남자의 권력에 그저 증오를 느낄 뿐이었다.

마사코는 남편에게 대들거나 반항하는 일이 많아졌

다. 아무것도 아닌 일로 난폭하고 우악스럽게 싸움을 거는 데 쾌감을 느꼈고 그 순간만큼은 그를 굴복시킨 것 같았다. 그런 감정을 즐기게 된 마사코를 보고 닛타는 이제까지 감춰 온 그녀의 성격이 이제야 노골적으로 드러나는 거라고 오해했다. 닛타는 제멋대로 행동하는 마사코를 비난할 수밖에 없었다. 이제 두 사람 사이에는 올바른 이해도, 정신적인 교감도 모두 사라져 버렸다. 이해하려고 하는 것조차 두 사람에겐 굴욕 그 자체였다. 이상적인 부부 생활을 꿈꾸며 함께하자고 약속했지만 지금은 서로를 졸렬하고 저급한 인간이라고 비난하며 모욕하고 있었다.

'결혼은 결코 할 게 못 돼!'

닛타도 마사코도 이렇게 생각하지 않을 수 없었다. 이들의 결혼은 처음에 생각했던 정신적인 차원의 것이 아니었다. 오직 육체의 결합만 있을 뿐이었다. 마사코는 정신적 이미지에 의지하여 동물적인 사랑을 가까스로 이어가는 것에 불과하다는 극단적인 생각까지 했다.

어느 날 마사코는 반감을 품고 이렇게 적었다.

순종하는 아내, 충실한 아내, 정숙한 아내, 말과 행동을 조심하는 아내, 이런 건 여자의 덕목이라기보다 결혼 생활을 미화하기 위해 특별히 선택된 생활 규범 가운데 하나일 뿐이야. 그 규범을 익혀서 내세우지 않으면 결혼 생활에서 드러나는 치욕을 견딜 수 없어!

하지만 시간이 흐르면서 현명한 마사코는 자신의 생활을 재정비하려고 노력했다. 현재의 생활을 포기할 수 없다면 거기에 잘 적응하는 수밖에 없다고 생각했다. 일단 발을 들여놓은 여자의 운명이니만큼 다시 새롭게 자신의 길을 찾아가기로 마음먹었다. 비참한 결심이었지만 그렇게 함으로써 정신적인 방향을 설정할 수 있으리라 여겼던 것이다.

그 노력은 헛되지 않았다. 마사코가 간신히 완성한 평론이 발표되자 곧바로 일부 청년들에게 좋은 평가를 받았다. 결혼 생활에 갇혀 있는 아내의 삶을 절절하게 털어놓은 그 글에는 그녀의 깊은 생각과 솔직한 표현, 치열한 감정이 잘 드러나 있었다. 남자들은 젊은 그녀가 여느 여자들과 달리 사고력과 통찰력이 뛰어나고 장래가 유망하다고 칭찬했다. 마사코의 글이 발표되고 많은 사람이 그녀를 찾아왔다. 멀어졌던 예술가 친구들과도 다시 만나게 되어 기뻤다. 신기하게도 그녀를 친밀한 감정으로 특별하게 대하는 남자도 나타났다. 그녀는 그들에게 모멸감 같은 건 느끼지 않았다.

그와 동시에 부부 사이는 오히려 좋아졌다. 결혼하고 비로소 마사코가 일을 시작하게 되자 닛타도 기뻐했고 그 모습을 바라보는 그녀도 행복했다. 마사코의 삶은 밝게 빛났고 그녀는 모든 것이 자랑스러웠다. 가정에 대해서도 예전엔 몰랐던 긍지를 느꼈다.

'여자가 가정을 돌보면서도 남자와 똑같이 사회에서 일을 하려면 확실히 남자보다 두 배의 일을 하게 된다. 힘은 약할지 몰라도 그 양으로 치면 여자가 남자보다 우월하다!'

이런 자부심은 그녀의 삶을 더욱 활기차게 만들었다.

5

두 사람은 다시 조용히 서로 사랑할 수 있게 되었다. 마사코는 아무 걱정 없이 자신의 창작 세계에 집중할 수 있었고, 그토록 힘들어하던 집안일도 그 무렵엔 적당히 모른 척하며 내버려 둘 수 있게 되었다.

마침 주변의 어떤 남자가 자신에게 특별한 감정을 갖고 다가온다는 걸 어렴풋이 알아차리고 이를 물리치려고 마사코가 힘들게 노력하고 있을 때였다. 그녀는 자신의 몸에 이상이 생겼다는 걸 느끼고 한동안 걱정하면서 지냈다. 그리고 그것이 예상치 못했던 임신이라는 사실에 충격을 받고 온종일 자신의 방에서 울었다.

'이제 모든 게 끝났어.'

슬프고 절망스러웠다. 마사코는 둘 사이에 아이가 생기지 않을 거라 여겼던 자신의 어리석음보다도 앞으로 새로운 책임이 늘어난다는 사실에 절망했다.

'나는 이제 좋은 엄마가 되는 걸 생각해야만 해. 엄마로서의 책임을 생각하지 않으면 안 돼!'

마사코의 절망에 닛타는 조금도 공감해 주지 않았다. 그는 그저 아이가 태어난다는 사실에 기뻐할 뿐이었다.

"당신은 내가 노예가 되는 게 기쁜 거예요? 평생 내가 당신과 아이를 위해 희생하는 게 기쁜가 보군요."

마사코는 울면서 말했고 닛타는 잠자코 있었다. 아이에 대한 책임은 자신이나 마사코나 똑같이 져야 한다. 자신에겐 아이 낳는 고통만 없을 뿐이다. 하지만 그건 어쩔 도리가 없었다. 마사코의 눈에 이기적인 남자로 비칠 정도로 닛타는 아무 말도 하지 않았다.

또 그녀는 자신의 몸을 부끄러워했다. 특히 자신에게 호의를 보이는 남자에게 한층 더 수치심을 느꼈다. 왜 그런 건지 생각하는 것조차 싫었다.

"아이가 태어나면 곧바로 다른 데로 보내겠다고 약속해 주세요. 우리에겐 아이보다 더 중요한 게 있잖아요."

마사코의 말에 닛타도 동의했다. 그는 아이를 키우는 것이 마사코의 창작 작업에 방해가 된다면 그렇게 해도 된다고 말했다. 당연한 말이겠지만 그는 태어나지 않은 아이보다 마사코를 더 사랑하고 있었다.

'왜 여자는 아이를 낳아야만 하는 걸까.'

마사코는 여자의 운명을 저주했다. 닛타에 대한 증오가 그녀의 감정을 황폐하게 만들었다. 그녀는 자포자기의 심정으로 매일같이 밖을 돌아다녔다. 자신의 몸을 어딘가에 부딪쳐서 파괴해 버리고 싶다는 생각에 가만히 있을 수가 없었다.

하지만 마사코의 몸은 더욱 건강해졌다. 배 속의 아이는 엄마의 고민도 모르고 커갔다. 엄마의 사랑을 조르듯이 아이는 사랑의 온도를 미세하게 전했고 그녀는 때때로 그 자극을 받았다.

'자각, 그건 결국 내가 여자임을 자각하는 것이다!'

마사코는 그 절망에서 좀처럼 구원받을 수 없었다. 자기 자신을 위해 시작한 일도 내던져 버렸다. 그렇게 10개월이라는 시간은 금방 지나갔다.

사랑스러운 남자아이가 태어난 것은 결혼하고 3년째 되는 겨울이었다.

닛타는 좋은 이름을 골랐다. 아이가 태어나면 즉시 다른 곳으로 보내자고 주장하던 마사코는 아이가 태어나자 그 사실을 잊어버렸는지 더 이상 말을 꺼내지 않았다.

'엄마의 책임!'

그녀에게 이제 그런 건 아무것도 아니었다. 어여쁜 아기를 사랑하는 것 외에는 아무 생각도 들지 않았다. 아기에 대한 사랑의 감정으로 가득 차서 잠시도 남의 손에 맡길 수조차 없었다. 본연의 아름다운 사랑에 완전히 휩싸여 그저 사랑스러운 아이를 바라보고 있을 뿐 다른 어떤 감정도 느끼지 못했다.

마사코는 아이를 돌봐 줄 사람이 필요해졌다. 매일 해야 할 일이 더 늘었지만 그녀는 조금도 귀찮아하지 않았다. 아이를 위해서라면 밤잠을 제대로 못 자도 괜찮았다. 어디 불편한 데는 없는지 조그만 아이의 얼굴에서 힘든 표정을 살피는 일을 한시도 소홀히 할 수 없었다. 아이에게 주의를 기울이고 걱정하고 조심하느라 자신에게는 신경 쓸 겨를이 없었다. 잠이 부족한 마사코의 눈은 충혈되었고 얼굴은 거칠고 창백해졌지만 피로 같은 건 조금도 느끼지 않았다. 닛타는 마사코의 초췌해진 모습이 안타까워서 아이를 다른 곳에 보내자고 말했다.

"왜 남한테 보내자는 거예요? 내가 키울 거예요. 이렇게 예쁜데. 엄마의 책임이라든가 희생, 그런 건 이제 아무 문제도 되지 않아요."

마사코는 말했다.

6

또다시 그녀의 영혼이 욕망의 세계에 눈을 떴다. 마사코는 사랑스러운 아이를 안고 있는 것만으로는 삶에 대한 욕망을 채울 수 없었다. 특히 닛타가 예전보다 두 배로 일해야 했고 그렇게 노력하는 모습을 보고 마사코는 가만히 있을 수 없었다. 물질적으로라도 그를 돕지 않으면 안 된다고 생각했다.

마사코는 갓난아기를 안고 자신의 서재에 들어갔다. 하지만 아기는 시종일관 그녀의 일을 방해했다. 마사코가 창작 작업으로 흥분되어 있을 때 그 사랑스러운 방해물을 미워할 수도 욕을 할 수도 없게 되자 그저 아기를 부둥켜안고 눈물만 흘렸다. 알 수 없는 초조함 때문에 눈물이 흐르고 기운이 빠질 때면 아무 생각 없이 그 작은 생명을 끌어안았다.

아이를 돌봐 주는 사람은 아무런 도움도 되지 않았고 오히려 성가실 뿐이었다. 닛타는 하다못해 아이를 돌보는 일만이라도 덜어 주려고 그녀의 친정어머니를 부르자고 했다. 어머니는 자상하고 너그러웠지만 닛타와 마사코의 생활을 진정으로 이해하지는 못했다. 세상 사람 모두가 자기 마음과 같을 거라고 믿는 어머니를 두 사람은 그저 쓴웃음으로 대해야 했다.

어머니는 곧바로 딸과 손자 곁으로 왔다. 하지만 육아에 익숙하지 않은 딸에게 자신의 생각을 강요할 권리가 있다는 듯이 행동하는 어머니가 마사코는 달갑지 않았다. 마사코와 어머니의 육아 방식은 완전히 달랐다. 마사코는 그런 일로 매일 어머니에게 잔소리를 했고 함부

그녀의 생활　　183

로 막 대하는 바람에 서로 부딪히기도 했다. 마사코는 둘 사이에 낀 닛타의 불편한 마음에도 신경이 쓰였다.

'닛타의 어머니였다면 분명히 내가 더 참았을 거야.'

이렇게 생각한 마사코는 어머니를 집으로 돌려보냈다. 어머니도 다른 손자들을 돌봐야 했기 때문에 더 있을 수 없는 상황이었다.

마사코는 다시 아이를 곁에 두게 되었다. 아기를 업고 책을 읽거나 젖을 물리고 글을 쓰는 건 일상이었다. 아이는 건강하게 자랐지만 때때로 자그마한 몸에 열이 올라 경험이 없는 젊은 엄마를 깜짝 놀라게 했다. 아기가 울고 있는데 이유를 알 수가 없어서 애가 타기도 했다. 결혼하고 한동안 글 쓰는 일이 손에 잡히지 않았던 그때처럼 그녀는 해야 할 일의 절반도 할 수 없었다.

'도대체 나를 위해 쓸 수 있는 시간은 얼마나 될까!'

마사코는 다시 자신의 시간에 대해 생각하게 되었다. 아기를 돌보느라 바빠진 요즘은 집안일에만 신경 쓰던 이전과 달리 자신만을 위한 시간을 낼 수가 없었다. 그저 부족한 시간을 아기에게서 훔쳐 올 수밖에 없었다. 그렇게 짬을 내서 자신의 진짜 일을 해야만 했다.

드디어 그녀의 생활에 두 번째 습관이 생겼다. 처음엔

그렇게 힘들어하던 집안일도 적당히 처리할 수 있게 된 것처럼 아기를 돌보는 일도 적당히 할 수 있게 되었다. 아기를 돌보면서 사색에 잠기고 부엌일을 하면서 새로운 구상을 하고 빨래를 하면서 생각을 정리할 수도 있었다. 아기의 울음소리가 들리는데도 아무렇지도 않게 책상 앞에 앉아 있을 수 있게 되었다.

그건 정말 생활에서 느끼는 신기한 힘이었다. 그녀는 자신의 이중, 삼중의 생활을 적절히 나누어 조화롭게 조정할 수 있게 된 것이다. 그녀는 힘들게 삶을 꾸려 가고 있었다. 집안일을 도맡아 하면서도 이전보다 더 많은 창작물을 발표하고 평론을 썼다. 필연적인 여성의 운명을 딛고 일어서려는 집념과 노력! 그렇게 삶의 굴레에서 벗어나려고 발버둥 치는 것 같았다. 비참하고 가련한 삶이었지만 그녀는 그렇게 느끼지 않았다. 엄마로서의 긍지, 아내로서의 긍지 그리고 예술가로서의 긍지. 이런 걸 긍지라고 표현하고 싶지 않았다. 그건 사랑이라고 불러야 하는 것이었다. 아이에 대한 사랑, 남편에 대한 사랑 그리고 자신에 대한 사랑, 모든 게 사랑이었다. 자신의 삶 그 자체가 사랑이었다. 자신의 삶을 이끄는 것은 사랑의 힘이라고 생각했다.

그 사랑이 너무도 크고 넓어서 끝이 없는 것 같았다. 예전에 생각했던 사랑의 믿음과 달리 이젠 자기 자신이 사랑의 화신이 된 것 같았다. 기쁨으로 가득한 그녀는 자신의 세계를 만들어 가는 것도 소홀히 하지 않았다.

마사코가 겪었던 삶의 문제가 또다시 반복되지 않는다고 단언할 수 있을까? 이어서 둘째 아이도 생길 것이다. 그리고 첫째 아이를 가졌을 때 그랬던 것처럼 또다시 남자의 유혹을 받을 수도 있다. 그녀의 예술적 정서는 그녀로 하여금 세상 모든 것에 매혹되고 유혹을 느끼게 할 테니 말이다. 그녀가 창조하는 세계는 뚫고 나가면 나갈수록 끝없이 넓어질 것이다. 그땐 또다시 사랑 그 자체인 지금의 생활과 싸워야 한다. 이제까지 겪었던 작은 싸움이 아니라 더 큰 싸움이 그녀의 영혼을 짓누를 것이 틀림없다.

이렇게 가련한 여자의 운명에서 도저히 벗어날 수 없음을 깨닫게 되는 순간 그녀는 또다시 '사랑이 가득한 삶'을 외칠 것이다.

작품 소개
●●●●

그녀의 생활
(彼女の生活)

    1915년 ≪주오코론≫에 발표된 「그녀의 생활」은 '그 시대 최고의 젠더적 작품', '여성들의 결혼 생활을 그린 선구적인 실천 소설'이라는 평가를 받는다. 주인공 마사코의 결혼관, 결혼 생활에서 겪게 되는 갈등, 아내와 어머니로서 부딪히는 현실적인 어려움과 이를 극복하기 위한 노력과 인내의 과정이 사실적으로 그려져 있다. 제목의 '그녀'는 주인공 마사코뿐만 아니라 같은 운명에 처한 모든 여성을 의미하는 대명사라고 할 수 있다.
    사랑과 결혼을 별개의 문제라고 여기는 마사코는 결혼도 부모의 뜻에 따라야 했던 가부장제 사회에서 신여성으로서 새로운 면모를 보여 준다. 하지만 이상적인 결혼관을 제시하며 끈질기게 구애하는 닛타를 믿고 결혼을 선택한다. 처음에는 집안일도 함께하며 동권자로서의 모습을 보여 주던 닛타가 점차 변해 가는 걸 보고 그녀는 결국 여성이 인습의 굴레에서 벗어나기 힘들다는 걸 깨닫게 된다. 마사코는 아내로서, 사회 구성원으로서 노력을 게을리하지 않으며 안간힘을 쓴다. 그런데 예상치 못했던 임신은 가까스로 힘든 삶을 이끌어 가던 마사코를 다시 위기에 빠뜨린다. 하지만 아이가 태어나자 그녀는 사랑스러운 아이에게 무한한 모성애를 쏟게 되고, 아이에 대한 사랑은 책임과 희생의 차원을 넘어서 모든 어려움을 딛고 일어서는 힘의 원천이 되었다. '그녀의 생활'은 곧 '사랑' 그 자체라고 할 수 있다.

현모양처를 이상적인 여성상으로 여기던 시대 상황 속에서 마사코가 겪는 내면의 갈등은 결국 사랑으로 마무리되고 있는데 이것이 이 작품의 한계로 지적되기도 한다. 백 년 전의 소설이지만 맞벌이 부부의 가사 분담과 육아 문제 등 현재 우리 사회의 현실과 유사한 점이 많아 흥미롭다. 아이를 돌봐 주는 친정어머니와 육아 방식이 서로 달라서 겪는 갈등은 지금도 흔히 볼 수 있는 광경이다.

백 년이 흐른 지금, 여성의 삶은 얼마나 달라져 있을까.

작가 소개

●●●

다무라 도시코
(田村俊子 1884~1945)

1884년 도쿄에서 출생하였으며 본명은 사토 도시. 일본여자대학교 국문과를 중퇴하고 1902년 고다 로한의 문하생으로 들어간 다무라 도시코는 한때 여배우로서 무대에 서기도 했다. 동문이었던 다무라 쇼고와 결혼한 후 그의 권유로 1911년 ≪오사카 마이니치신문≫의 현상소설에 응모한 장편 『체념』이 일등으로 당선되어 문단에 화려하게 데뷔하였다. 이후 여성의 해방을 관능적 필치로 그린 「미이라의 입술」 등을 발표하면서 인기작가가 된다. 그녀는 관능적 세계와 남녀의 상극을 주제로 하는 탐미적 작풍으로 화제를 불러일으켰다.

1918년 ≪아사히신문≫ 기자였던 연인을 따라 캐나다로 이주한 그녀는 18년 만에 귀국하여 문단 복귀를 시도하였으나 성공하지 못했다. 이어서 친구 남편과의 부적절한 관계가 발각되자 이 경험을 바탕으로 「산길」을 써서 발표하고 중국으로 건너가 만년을 그곳에서 보냈다. 상하이에서 여성잡지 ≪조세이≫를 발행하기도 했던 다무라 도시코는 1945년 뇌출혈로 쓰러져 61세의 파란만장했던 삶을 마감했다.

일본문학 컬렉션
02

생혈

다무라 도시코 지음
박은정 옮김

1

 아키지는 말없이 얼굴을 씻으러 나갔다. 그의 발소리를 들으며 유코는 툇마루에 멍하니 서 있었다. 남보라색 지리멘*의 홑옷 자락이 발꿈치까지 내려왔고 양쪽의 끝단은 조금 짧게 흘러내렸다.

 어젯밤에 덮었던 얇은 이불을 다 걷어 내지 않은 것처럼 뿌연 하늘 아래, 정원 구석구석에 피어 있는 빨갛고

---

* 잔주름이 있는 직물.

하얀 꽃들이 눈부셔 스르르 눈이 감겼다.

툇마루에서 한 발을 내딛자 촉촉한 땅에서 불어오는 비단결 같은 바람이 발바닥으로 살며시 전해졌다.

유코는 발밑에 놓여 있는 어항을 쳐다보다가 갑자기 무슨 생각이 났는지 웅크리고 앉았다.

"베니시보리*

히가노코**

아케보노***

아라레고몽****"

금붕어를 하나하나 손가락으로 가리키며 이름을 지어 주었다. 서서히 밝아 오는 아침 하늘이 어항을 비추자 여기저기 은박을 뿌려 놓은 듯 수면이 하얗게 반짝였다. 히가노코가 물살을 가르며 후다닥 내달렸다.

유코는 어항 옆에 피어 있는 보라색 시네라리아꽃을 하나 따서 물에 떨어뜨렸다. 새빨간 금붕어의 조그만 주둥이에 꽃잎이 닿자, 아직 이름이 없는 금붕어가 놀란

---

* 연지빛 홀치기 염색.
** 진홍색 바둑무늬 홀치기 염색.
*** 새벽하늘.
**** 희고 작은 알갱이 무늬.

듯 커다란 꼬리지느러미를 흔들며 바닥 쪽으로 헤엄쳐 나갔다. 은박이 여기저기서 반짝거리며 흔들렸다.

무릎을 세우고 앉은 유코는 무릎 위에 왼팔을 올려놓고 거기에 오른쪽 팔꿈치를 대고 손바닥으로 이마를 받쳤다. 가느다란 손목이 축 늘어진 머리를 겨우 지탱하고 있었다. 엄지손가락이 닿은 눈꼬리가 삐죽하게 치켜 올라갔다.

— 그녀는 붉은 견으로 된 크레이프 모기장 자락을 입에 문 채 울고 있었다. 바람에 흔들리는 조릿대 발이 남자의 어깨 부분을 툭툭 건드리고 있었다. 아직 불이 켜져 있는 창밖의 거리를 바라보던 남자가 피식 웃더니 이렇게 말했다.

"이젠 어쩔 수 없잖아." —

비릿한 금붕어 냄새가 희미하게 풍겼다.

무슨 냄새인지도 모른 채 유코는 가만히 그 냄새를 맡아 보았다. 집요하게 계속 냄새를 맡았다.

'남자 냄새'

문득 그런 생각이 들자 소름이 끼쳤다. 그리고 손끝에

서 발끝까지 찌릿찌릿 전율이 일었다.

'싫다, 싫어. 너무 싫어.'

칼을 손에 꼭 쥐고 뭔가에 맞서야만 할 것 같은 기분. 어젯밤부터 그런 느낌 때문에 몇 번이나 몸이 조여 오는 것 같았다.

유코는 어항 속에 한 손을 쑥 집어넣고 괘씸하다는 듯이 금붕어를 잡아챘다.

"눈을 찌를 거야."

속옷 깃을 여몄던 금색 핀을 뽑으면서 동시에 다른 손으로는 잡고 있던 금붕어를 건져 올렸다. 물 표면의 하얀 선이 흐트러지며 어항 속 물이 출렁거렸다.

금붕어의 작은 눈을 핀으로 찌르자 손목 부근에서 꼬리지느러미가 파닥거렸다. 비린내 나는 물방울이 유코의 연보라색 오비로 튀었다. 금붕어를 너무 깊숙이 찔렀는지 핀 끝이 유코의 검지에 닿았다. 루비 같은 작은 핏방울이 손가락 끝에서 동그랗게 부풀어 올랐다.

금붕어의 비늘이 시퍼렇게 번들거렸다. 붉은 반점이 마르면서 점차 윤기가 사라지고 있었다. 금붕어는 입을 크게 벌린 채 죽었다. 꽃무늬 부채를 펼친 듯한 꼬리지느러미가 오그라들더니 축 늘어졌다.

유코는 금붕어를 들어 올려 한참을 쳐다보다가 정원으로 휙 던져 버렸다. 날이 밝아 오면서 아침 햇살이 정원의 징검돌에 떨어진 금붕어를 희미하게 감싸는가 싶더니 사방으로 흩어졌다.

유코는 객실로 들어갔다. 방 안의 불빛이 주황색으로 반사되어 유코의 이마를 물들였다. 창가의 커다란 전신 거울 앞에 바싹 다가앉은 그녀는 상처 난 손가락을 입안에 넣었다. 그러자 눈물이 주르륵 흘러내렸다.

유코는 소맷자락에 얼굴을 묻고 울었다. 울어도 울어도 서글펐다. 그리운 사람의 품에 안겨 있을 때와 같은, 그런 따스함이 희미하게 스며들면서 눈물로 흘러내렸다.

'아, 손가락을 입에 넣었더니 입술의 온기가 손가락에 그대로 전해지네. 근데 이게 왜 이렇게 슬픈 거지?'

유코는 그렇게 생각하면서 흐느끼듯 울었다.

얼마든지 울 수 있을 것 같았다. 눈물을 죄다 쏟아 내고 나면 이대로 숨이 끊어지는 건 아닌지, 어쩌면 숨을 끊어 버리려고 눈물을 전부 쏟아 내는 게 아닐까 싶을 정도였다.

실컷 울고 눈물을 다 쏟아 낸 후 연꽃에 감싸인 채 잠자듯이 꽃이슬에 숨이 막혀 죽을 수만 있다면 얼마나 행복할까.

'눈물이 뜨겁다.'

설령 살이 타들어 갈 만큼 뜨거운 눈물로 몸을 씻어낸다고 해도 순결했던 예전의 모습으로 돌아갈 수 없다. 다시 되돌릴 수 없는 것이다.

입술을 깨물던 유코는 문득 고개를 들고 거울을 들여다봤다. 사물의 모습을 그대로 비추는 거울의 빛은 흔들림이 없었다. 남보라색 옷의 무릎이 닳아서 붉은 안쪽이 드문드문 드러났다.

유코는 그곳을 물끄러미 쳐다봤다. 그 얇은 천 안에 있는 자신의 피부를 그대로 느낄 수 있었다. 바늘로 모공 하나하나를 찌르고 촘촘한 살갗을 한 겹 한 겹 벗겨낸다 한들 더럽혀진 몸을 되돌릴 순 없다.

얼굴을 씻으러 간 아키지가 수건을 들고 방으로 돌아왔다. 그는 유코를 보자 잠자코 옆방으로 들어갔다. 여종업원이 들어왔는지 그녀와 이야기하는 아키지의 목소리가 들렸다.

여종업원이 곧바로 방을 치우러 들어왔다. 유코를 보고는 미소를 띠며 인사했지만 유코는 돌아보지 않았다. 그리고 심연까지 파고드는 고단한 꿈에서 막 깨어난 것처럼 힘없이 머리를 흔들며 어린아이처럼 훌쩍거렸다.

유리문을 여닫는 소리, 아침 청소하는 여관의 떠들썩한 소리가 들려왔다. 덜컹거리는 소리를 내며 전차가 지나가자 유코는 비로소 여기가 큰길 안쪽의 주택가 부근이라는 사실을 깨닫고 두려워지기 시작했다. 여관을 어떻게 빠져나가지? 종업원에게 부탁해서 뒷문으로 나갈까? 그런 생각을 하던 유코는 소맷자락에서 얇은 종이를 꺼내 길쭉하게 잘라 상처 난 손가락을 싸맸다.

2

하늘색 고모리양산*과 새하얀 파나마모자를 쓴 두 사람은 한낮의 거리를 걷고 있었다.

강렬한 햇살이 세상의 모든 색을 빼앗아 버린 듯 두 사람이 입고 있는 주름 가득한 선명한 빛깔의 옷도 색이 바래 있었다. 뜨거운 태양에 두들겨 맞은 것 같은 후줄근한 모습으로 한낮의 푹푹 찌는 더위를 그대로 받으면

---

* 박쥐 모양의 양산.

서 걸었다. 뜨거운 인두에 덴 듯 목덜미는 지글지글 끓었고, 바싹 마른 먼지 때문에 하얬던 버선은 누렇게 변해 있었다.

두 사람은 골목길로 들어섰다.

좁은 차양 아래로는 바람이 잘 통했고 바닥은 동굴 속처럼 축축했다. 우물 건너편 모퉁이 집의 어두컴컴한 토방에서 시커먼 수건을 목에 두른 여자가 베를 짜고 있었다. 두 사람은 막다른 곳에 있는 돌계단으로 올라갔다. 계단을 다 오르자 유코는 울타리 쪽으로 다가가 무코지마의 제방을 바라봤다.

하천도 제방도 폭염에 질린 듯 황금빛으로 물든 채 그림자조차 꼼짝할 수 없었다. 쉴 새 없이 내리쬐는 한여름의 태양을 튕겨 내고 있는 함석지붕 위로 검은 연기가 피어오르고 있었다. 후덥지근한 시가지가 눈앞에 펼쳐졌다. 유코는 눈이 부셔서 그늘 쪽으로 고개를 돌려 버렸다. 신사 앞에서 게이샤인 듯한 소녀가 종을 치고 있었다. 디딤돌 위에 선 아키지가 소녀의 뒷모습을 쳐다보고 있었다.

신당 안쪽은 검은 막을 친 것처럼 어두컴컴했다. 곳곳에 놓인 은색 그릇들이 뭔가를 암시하는 듯 신비롭게 반짝거렸다. 커다란 촛대를 둥글게 에워싸고 있는 촛불이 깜박깜박 불을 밝히고 있었다. 그게 마치 폭염을 저주하는 기도의 불빛처럼 보였다. 단식 고행하는 승려의 눈에서나 보일 법한 번뜩이는 빛이 희미한 촛불 끝을 스치고 지나갔다.

몇몇 사람들의 그림자가 눈에 띄었다.

두 사람은 정면에 있는 돌계단 쪽으로 내려왔다. 불타는 동판에 덮인 듯 그늘 하나 없이 태양이 내리쬐는 뜨거운 거리는 쳐다보기조차 힘들었고 숨쉬기도 버거웠다. 유코는 양산을 낮게 내려 썼다.

'이제 헤어져야지. 이젠 정말 헤어질 거야!'

유코는 몇 번이나 그렇게 생각했다. 남자와 헤어져 어젯밤 일을 혼자 곰곰이 생각해 봐야 할 것 같아 초조해졌다. 하지만 도저히 그에게 먼저 말을 꺼낼 수 없었다. 두 손, 두 발이 쇠사슬에 묶인 것처럼 몸이 자유롭지 못했다.

'나한테 유린당한 여자가 떨고 있다. 말 한마디 없이 이런 폭염 속에서 질질 끌려오는군! 어디까지 날 쫓아올 생각이지?'

불현듯 유코는 아무 말 없는 그가 그런 생각을 하는

건 아닌지 신경이 쓰였다. 그녀는 살며시 이마의 땀을 닦았다.

게이샤 소녀가 빠른 걸음으로 두 사람 곁을 스쳐 지나갔다. 그림이 그려진 빨간색 양산 아래로 고개 숙인 그녀의 가느다란 목덜미가 녹아내릴 듯이 투명했다. 화살깃 모양의 얇은 감색 비단 옷자락이 새하얀 발에 감겼다가 풀리고, 또 감겼다가 풀리면서 걸어간다. 가이노 구치*로 묶은 보라색 하카타 오비의 매듭이 깔끔하게 위로 향해 있었다.

폭염 속에서 얇고 긴 옷자락을 끌며 걸어가는 소녀의 생기 넘치는 모습을 유코는 줄곧 지켜보고 있었다. 그녀가 부러웠다. 더운 날씨에 드러난 어젯밤 자신의 그 육체가, 마치 썩어가는 물고기처럼 악취가 나는 것 같았다. 유코는 누군가가 자신의 몸을 집어던져 줬으면 좋겠다고 생각했다.

두 사람은 말없이 걸었다. 큰길이 끝나자 좁은 뒷골목으로 돌아갔다.

갈대로 엮은 발이 드리워지고 빨간 풍경이 매달려 있

---

* 일본 오비 묶는 방식 중 하나.

는 빙수 가게가 보였다. 안이 훤히 들여다보이는 집에서 짧은 홑옷 차림의 여자가 그을린 팔을 드러낸 채 아이에게 기다유*를 가르치고 있었다. 낮은 진열대가 놓여 있는 잡화상에서 오래된 기름 냄새가 났다. 아키지는 메밀국수집 뒤에서 공원 쪽으로 앞장서서 걸어갔다.

아미타 불당의 붉은 단청이 뜨거운 햇살을 받아 황갈색으로 바뀌었다. 멈춰 버린 용두관음의 분수에는 물이 전혀 보이지 않았다. 폭염으로 물이 다 말라 버려 동상이 바싹바싹 타들어 갔다. 높은 곳에 자리 잡은 관음상을 올려다보니 유코는 머리카락이 화염에 휩싸이는 듯한 기분이 들었다.

남보라색 유카타에 빨간 오비를 매고 하얗게 분을 바른 여자들이 지나갔다. 걸을 때마다 몸에 달라붙는 땀에 젖은 유카타 옷자락 사이로 빨간 게다시**가 얼핏얼핏 드러났다. 윗도리를 벗고 무명으로 된 속옷 하나만 입은 남자가 부채질하며 지나간다. 물도 나오지 않는 분수 주변에 사람들이 꽤 많이 모여들었다.

---

* 다케모토 기다유가 시작한 일본의 전통 가면극. 옛이야기를 들려주며 샤미센을 연주한다.
** 안감 치마.

사람들이 두 사람을 빤히 쳐다보자 아키지는 불쾌한 듯 눈길을 피했다. 유코는 그렇게 노골적인 표정으로 쳐다보는 그들이 자신과 별반 다르지 않다고 생각했다.

'쳐다볼 테면 보라지. 난 얼마든지 보여 줄 수 있으니까.'

어차피 그들도 자신과 마찬가지로 썩은 몸뚱이를 가진 사람들이다.

아키지는 또다시 걷기 시작했다. 유코는 왠지 자신의 몸을 던져 버리고 싶은 기분이 들었다. 그리고 삐딱하게 굴고 싶었다. 하지만 남자에게 먼저 말을 걸고 싶지는 않았다.

사람들이 모여 있는 하나야시키* 앞을 지나서 곡예단 앞까지 오자 아키지가 말했다.

"여기 들어가 볼까?"

유코의 대답도 듣지 않고 그는 성큼성큼 안으로 들어갔고 그녀는 잠자코 그 뒤를 따랐다.

임시로 지어진 건물 2층은 어두컴컴했다. 기둥, 돗자리, 얇은 방석이 죄다 땀에 절어 끈적거렸다.

관객 대여섯 명이 2층 쪽에 듬성듬성 자리 잡고 있었

---

* 도쿄 아사쿠사에 있는 유원지.

생혈

다. 그들은 다시 보기 힘든 보물이라도 발견한 듯한 표정으로 난간을 꽉 붙들고 아래층 무대의 공연을 보고 있었다. 아키지는 무대를 관람하기 편한 장소에 얇은 방석을 깔고 앉았다. 그리고 유코를 바라보며 미소 지었다.

딸랑딸랑, 방울 소리가 울렸다. 살구색 셔츠를 입은 남자아이가 굵은 목소리로 곧 시작될 공연에 대해서 설명하고 있었다. 밖에 걸어 둔 현수막이 흔들릴 때마다 바깥에 있는 사람들의 얼굴이 나타났다 사라졌다 하며 무대가 조금씩 어두워지기 시작했다. 작은 이초가에 머리*를 하고 붉은 얼굴에 하얀 분을 바른, 분홍색 셔츠를 입은 네댓 명의 여자아이들이 양손을 겨드랑이에 낀 채 서 있었다. 빨간색, 흰색의 링을 들고 공에 올라타더니 굴리기 시작했다.

발과 손, 어깨 쪽으로 링을 통과시키며 공을 굴리는 아이의 하얀 분이 묻어 있는 귀 언저리가 왠지 서글퍼 보였다. 판자를 쌓아 조금 높게 만든 뒤쪽 관람석에 앉은 유코는 오비 안에서 옻칠한 부채를 꺼냈다.

부채질할 때마다 어디선가 맡아 본 미적지근한 향수

---

* 정수리에서 모은 머리를 좌우로 갈라 반원형으로 틀어 맨 것.

냄새가 풍겼다. 밖에 걸어 둔 현수막이 조금 올라가자 연못 수면 위로 서서히 떨어지는 뜨거운 태양이 유코의 눈에 들어왔다. 공연하는 사이사이 여자아이들과 건장한 사내들은 사람들이 모여 있는 바깥쪽을 멍하니 바라봤다. 그 순간 어두컴컴한 건물 안으로 권태감이 스며들기 시작했다.

어느새 연갈색 하카마*에 후리소데**를 입은 소녀가 무대 위로 올라왔다. 뒤쪽을 크게 부풀린 머리 모양에 보라색 가노코***를 하고 있었다.

소녀는 무대 위에 누워 발끝으로 우산을 돌렸다. 하얀 보호대가 가느다란 손목을 감싸고 있었고 무대 양쪽 끝에 긴 옷자락이 드리워져 있었다. 접힌 우산을 발로 펴더니 빙글빙글 풍차처럼 돌려 댔다. 발목 보호대도 새하얬다. 그리고 조그마한 흰 버선이 움직일 때마다 연갈색 하카마의 주름이 흐트러졌고 늘어진 소맷자락도 흔들렸다. 그때 무대 옆에서 샤미센 반주 소리가 들려왔다. 현을 당겼다가 풀어 주고 또다시 당기는 듯한 구슬픈 가

---

* 주로 남성이 입는 전통 바지.
** 여성용 기모노.
*** 머리 장식.

락이 유코의 가슴을 울렸다.

　무대에서 내려온 소녀는 빙긋 웃으며 가볍게 인사하고 곧바로 안으로 들어가 버렸다. 머리가 다 헝클어져 있었다. 남자 옷을 입은 소녀의 긴 소맷자락이 눈에 아른거렸다. 아키지는 다른 사람들과 마찬가지로 난간에 매달려 무대를 쳐다보고 있었다. 유코는 그의 매끈한 목덜미를 계속 바라봤다. 누워 있는 여자아이의 발 위에 통을 잔뜩 쌓아 올리고는 맨 위에 빗물 통을 얹었다. 빗물 통 안에는 남자아이가 들어가거나 물을 채워 넣거나 했다. 이러한 곡예를 아이들이 교대로 하고 있었다. 지루해진 유코는 몸이 땀에 녹는 듯한 기분이 들었다. 지금 자신은 슬퍼해야만 하는데.

　'에라 모르겠다. 될 대로 되라지.'

　그래, 우울해해봤자 결국 그 너머에는 사람의 그림자가 보이는 법이다. 그렇게 생각하자 유코는 주변에 있는 사람들이 갑자기 정겹게 느껴졌다. 연갈색 하카마를 입은 소녀의 모습이 계속 머릿속에 아른거렸다.

　무대에서는 같은 공연이 계속 반복되고 있는데도 아키지는 돌아가자고 하지 않았다. 유코도 밖으로 나가고 싶진 않았다. 이렇게 시원한 둥지를 찾아냈으니 이제 밝은 빛을 정면으로 맞이할 자신이 없었다. 이대로 있을 수만 있다면 밤이 될 때까지 여기에 있고 싶었다. 멍하니 앉아 있던 유코는 스르르 눈이 감겼다.

후텁지근한 냄새가 순간순간 유코의 몸을 훑고 지나갔다. 무대 쪽에서 드문드문 형식적인 박수 소리가 울렸다. 그때 갑자기 어디선가 '파다닥' 날개를 치는 소리가 들렸다.

유코는 정신이 번쩍 들었다. 뒤를 돌아보며 일어섰지만 아무것도 보이지 않았다.

뒤돌아서 그을린 기둥 쪽의 꼬질꼬질한 돗자리를 계속 주시했다. 그 뒤의 널빤지 벽 사이로 커다란 물고기 지느러미 같은 검은 물체가 움직이고 있는 게 얼핏 보였다. 한참을 쳐다보다가 움직임이 멈추자 부채로 가만히 밀어 보고는 밖으로 끌어당겼다. 검은 그림자가 30센티 정도 끌려 나오자 마침내 그 윤곽이 드러났다. 박쥐의 한쪽 날개였다.

유코는 놀라서 부채를 툭 떨어트렸다. 곧바로 아키지가 있는 곳으로 후다닥 도망쳤지만 그는 아무런 낌새도 알아차리지 못했다. 유코는 몸속의 피가 얼어붙는 것 같았다. 다시 한번 널빤지 벽 쪽을 뒤돌아봤을 땐 검은 날

개는 보이지 않았고 벽 틈새로 노을 같은 연노랑색 빛이 흘러들었다.

이윽고 두 사람은 곡예장을 빠져나왔다. 어느새 하얀 유카타가 눈에 띄는 시원한 저녁 무렵이 되어 있었다. 아키지는 말없이 계속 걸었다. 유코는 현기증이 날 정도로 배가 고팠다.

'아무 말도 하지 않고 가다가 헤어져야지.'

이런 생각을 하며 걷던 그녀는 무릎 뒤로 땀에 젖은 옷이 끈적끈적 달라붙는 게 불쾌해서 견딜 수 없었다.

'이 여자는 대체 어디까지 따라오려는 거지?'

남자의 속마음이 그럴 거라고 생각하고 있던 유코에게 그가 말했다.

"뭐 좀 먹을까?"

"난 집에 가고 싶어."

"집에 간다고?"

"응."

남자는 말없이 다시 걷기 시작했다. 호수의 다리를 건너 언덕에 오른 두 사람은 끄트머리에 있는 빙수 가게 앞에서 멈췄다. 그리고 약속이라도 한 듯 안으로 들어가 자리에 앉았다. 물방울이 흩뿌려진 젖은 나무가 있는 곳에 두 사람은 또 한참을 머물렀다.

해 질 무렵, 땀을 씻어 내고 깨끗한 유카타로 갈아입은 사람들의 모습이 여기저기 눈에 들어왔다. 두 사람은 땀에 젖은 채로 니오몽에서 우마미치 쪽으로 발길을 돌렸다. 강가를 걷다가 자갈밭에서 땅거미 지는 스미다강을 바라봤다.

유코는 이제 남자가 자신의 몸을 끌어안고 어디든 데려가 줬으면 좋겠다고 생각하며 자갈밭 말뚝에 몸을 기댔다.

'박쥐가 연갈색 하카마를 입은 소녀의 피를 빨고 있다. 피를 빨고 있어.'

남자가 손을 잡자 유코는 정신이 번쩍 들었다. 그러자 손가락 끝을 감싸고 있던 종이가 벗겨졌다. 그리고 비릿한 냄새가 확 풍겼다.

작품 소개
●●●

생혈
(生血)

「생혈」은 ≪세이토≫ 창간호(1911년 9월)에 실렸다. 다무라 도시코는 탐미적 시점과 관능적이고 감각적인 묘사로 잘 알려진 작가이다. 「생혈」은 하룻밤을 같이 보낸 남녀의 하루를 그렸는데 여자의 시선과 의식의 흐름에 따라 이야기가 전개된다.

남녀가 하룻밤 보냈는데 남자는 아무렇지도 않게 '피식' 웃으며 이미 벌어진 일이라 어쩔 수 없다는 반응을 보인다. 이에 반해 첫 경험을 한 여자는 자신이 몸이 더럽혀졌다고 생각하고 눈물을 흘린다. 그녀는 울적해진 마음에 금붕어의 이름을 지어 주는데 그 이름이 여성 기모노를 연상시키는 붉은색 계통의 색이다. 「생혈」에서는 흰색과 빨간색이 계속 나오는데 흰색은 순결, 빨간색은 피를 의미한다. 이렇게 대비되는 색에 주목하는 것도 「생혈」을 읽는 하나의 방법이 될 것이다. 여기서 금붕어는 주인공 유코 자신을 연상시키기도 하는 매개체이다. 금붕어를 죽이고 나서 맡게 된 비릿한 피 냄새를 그녀는 '남자 냄새'라고 정의한다. 여기에서 금붕어의 이미지는 남성을 알게 된 여성 유코의 이미지와 겹쳐진다.

  2장에서는 남자에 휘말리며 따라다니는 주인공 유코의 모습을 그렸다. 남자는 유코와 같이 다니면서도 다른 여자들에게 시선을 옮기고, 그녀는 남자가 쫓는 그 시선을 계속 따라간다. 유코는 슬퍼하지만 왜 슬픈지 정확한 이유도 모른 채 혼란스러워한다. 그녀는 어두운 극장에 남자를 따라 들어가는데 무대에는 '남자 바지를 입은 소녀'가 등장한다. 어린 소녀는 성관계 이전의 유코의 모습을 떠올리게 한다. 그리고 어두운 객석에 커다란 물고기의 그림자가 나타나고 그 그림자는 박쥐로 바뀐다. 박쥐는 흡혈하는 이미지도 가지고 있다. 죽은 물고기와 박쥐가 상징하는 의미는 무엇일까? 박쥐가 여자아이의 피를 빠는 모습에 대해 남자가 여자를 지배하고 착취하는 이미지라고 주장하는 사람도 있다.

그 당시 남녀의 관계는 소설에서도 나타나듯 성적인 측면에서 남자가 '획득'이라고 말한다면, 여자는 '상실'이라고 표현된다. 여자가 상처받고 과잉하게 반응하는 게 성적인 우월감에 대한 반감이라고도 할 수 있다. 자신의 개인적인 상황이 사회의 규범에서 벗어나지 못하고 이성과 감성의 싸움이 소설의 처음부터 끝까지 이어진다. 자유로운 연애는 다무라 도시코와 같은 젊은 지성인들에게 동경의 대상이겠지만, 사회적인 관습은 그런 연애를 받아드릴 만큼 자유롭지 않았던 시대였을 것이다.

아침 바람

미야모토 유리코 지음
박은정 옮김

●●●

 붉은 벽돌담으로 높이 둘러싸인 이 일대는 메이지 시대부터 독특한 도쿄 변두리의 분위기를 형성하고 있었다.

 혼고 지역은 오시치*가 불을 질렀던 절이 하나 있기는 해도 전체적인 분위기는 밝았다. 하지만 바로 이웃 동네인 스가모는 분위기가 전혀 다르다. 조금 어둡고 정체된 느낌이었고 집마다 내비치는 불빛도 바닥 쪽으로 한층 낮게 깔려 있었다. 높은 벽돌담은 군부대의 붉은 벽돌 병영과는 다른 모습이었다. 종종 눈에 띄는 감색

---

* 에도 시대 방화 사건을 일으켜 화형당한 소녀.

무명 바지에 작업용 신발을 신은 남자들과 함께 허름한 줄무늬 옷을 입고 사는 남녀노소의 삶이 붉은 담장에서 그대로 느껴진다. 익숙하면서도 낯선 그곳만의 독특한 공기가 거리를 감돌고 있었다.

관동대지진이 일어난 후 시내의 모습은 크게 바뀌었다. 이 지역도 신시가지로 편입되면서 시 구역이 새로 개편되었다. 이케부쿠로에서 아스카야마를 돌아 닛포리 쪽으로 개통된 아스팔트 도로 그리고 그 도로를 가로질러 오쓰카와 이타바시를 이어 주는 20미터 넘는 도로가 새로 생겨 주변이 완전히 바뀌었다.

얼마 전에는 건너편 길이 혼잡해져서 통행을 금지시키더니 오늘은 이 부근을 아예 지나가지 못하게 하는 상황이 몇 개월 동안 지속되었다. 그러던 어느 해 봄날, 드디어 완공된 콘크리트 보도 위로 한 줄기 빛이 하얗게 반짝였다. 사람들은 가슴 깊은 곳에서 숨을 토해 내듯 눈앞에 활짝 펼쳐진 넓은 들판을 눈을 크게 뜨고 바라봤다. 오래전에 세워진 붉은 벽돌담은 흔적도 없이 사라졌다. 변두리 동네처럼 잡초 이파리가 도로와 인도 사이의 가시철사 울타리를 비집고 나왔다. 그리고 드넓은 초원이 까마득하게 펼쳐져 있었다. 건너편 낮은 지대의 넓은 초목 사이로 녹차밭 흔적이 보였고 조그마한 밭도 있었다. 동네 아이들이 그 공터를 그냥 놔둘 리 없었다. 아이들이 뛰노는 소리는 들리는데 그 모습은 어디에도 보이지 않았다. 들판은 광활했고 거칠 것 없는 푸른 하늘도 봄볕을 가득 채우며 반짝거렸다.

다채로운 경치에 잠시 멈춰 서서 들판을 바라보니 초원 오른쪽 너머로 고풍스러운 붉은 벽돌 탑의 녹청색 둥근 지붕이 가장 먼저 눈에 들어왔다. 그 벽돌 탑을 둘러싸고 회색 콘크리트 벽이 쭉 이어져 있었다. 하얗게 빛나는 이 일대의 근대적인 건물과는 대조적으로 들판 왼쪽 저편에 다 허물어져 가는 어두침침한 집들이 위태롭게 들어서 있었다. 비바람을 맞아서 그럴 것이다. 그런 집들은 맑은 날 멀리서 바라봐도 여전히 우중충했다. 들판 저 멀리 앞뒤로 문이 죄다 열린 이층집이 보였다. 검은 구멍 같은 문을 통해 나무 한 그루 없는 뒷마당까지 훤히 들여다보였다. 그곳의 공허한 풍경이 보는 이의 가슴속까지 스며들었다.

나무가 많지 않은 들판 왼쪽 끝에는 오래된 벚꽃나무 몇 그루가 가로수처럼 서 있었다. 동쪽을 향해 크게 벌어진 우듬지에 꽃이 필 무렵, 따뜻한 아침 햇살이 내리쬐면 그 모습이 말할 수 없을 정도로 신선했다. 벚꽃의 빛깔이 아름다울수록 위태로운 쪽방촌의 어둠은 더 깊어졌다. 한 폭의 그림처럼 사람의 마음을 울리는 황폐한 아름다움이었다. 몇천 평이나 되는 넓은 들판이 이렇게 균형이 깨져 있었는데 그게 오히려 더 인상적이었다.

    도로의 경계선이 되어 버린 철조망 울타리도 이미 몇 군데 망가져 있었다. 그곳을 통과해서 가다 보면 수풀 사이로 사람들이 오가며 만든 작은 길이 보인다. 다 똑같아 보이는 길을 더듬어 가면, 점점 왼쪽으로 돌면서 마을로 가는 지름길이 이어진다. 그리고 도중에 갈라진 갈림길은 길이 맞나 싶을 정도로 좁은데 걷다 보면 녹청색 둥근 지붕의 붉은 벽돌 탑 아래로 나오게 된다. 거기에서 올려다보면 탑에서 보초를 서는 사람의 모습도 보였다. 주변의 집들은 전부 붉은 벽돌로 지었는데 줄눈을 벗겨낸 다음 다시 사용한 것처럼 오래된 벽돌이었다. 처음 본 사람들은 어째서 이런 벽돌만 있는 건지 의문이 절로 들 것이다. 이 벽돌은 메이지 시대에 세워진 높은 벽돌담에서 가져온 것이다. 이 일대 부지의 4분의 1 정도가 잘려 나갔지만, 완전히 사라진 것은 아니었다. 결국 새롭게 정비되어 수많은 사람의 삶의 터전으로 자리 잡았다.

들판 끝에는 높이를 알 수 없는 커다란 공장 같은 콘크리트 건물이 보였다. 준공을 알리는 신문기사에 의하면 건물의 내부를 일반인에게도 공개할 예정이라고 한다. 사람들이 여유롭게 살 수 있도록 시설을 갖춘 아파트 같은 곳이었다.

낮은 산 중턱에 있는 작은 집 툇마루에서 사요는 신문기사를 읽고 있었다.

"어라?"

사요는 무릎을 내밀고 앉아 그 기사에 시선을 고정했다.

"음, 우리 이거 직접 볼 수 있을까? 한번 가보고 싶은데."

조금 상기된 얼굴로 사요가 신문을 건넨 상대는 이 집에 있어야 할 남편 시게요시가 아니었다. 혼자 사는 사요의 집에 뜨개질 거리를 가지고 놀러 온 도모코였다.

"그래요? ……그럼 한번 같이 가봐요."

"그럴까요?"

사요는 친구가 그렇게 말해 줘서 기뻤다.

"꼭 가보고 싶었어요."

마치 가족처럼 마음 편하게 웃었다.

사요는 꼭 한번 보고 싶었다.

'아아, 이런 곳에 살면서 복도도 걸어 보게 되는 건가?

그러면 시게요시의 하루도 실제로 느껴 볼 수 있을 거고, 내 마음도 편해질 텐데.'

사무실에서 명부 정리를 하면서도 사요는 어린아이처럼 그런 상상을 했다. 이런 소박한 기쁨이 시게요시의 아내인 자신에게는 꼭 필요했다.

그 건물을 보러 가는 날 사요는 이케부쿠로역에서 도모코와 만나 버스를 탔다. 그 버스도 처음 타보는 것이었다. 학교 앞에서 내려 포목점 모퉁이를 돌아 낯선 길로 들어섰다. 처음 보는 들판이 나타나자 사요는 걸으면서 설레는 마음을 감추지 못했다. 같은 방향으로 줄지어 걷고 있는 사람들 중에는 가문의 문장이 새겨진 하오리* 차림의 부인들도 몇 명 있었다. 길가에는 자동차 몇 대가 대기하고 있었고 붉은색과 흰색의 천을 칭칭 감은 화려한 아치가 세워져 있었다.

"입구가 어디죠?"

사요는 차오르는 숨을 가라앉히며 아치 안쪽을 쳐다보고는 담장을 따라 다른 문 쪽도 기웃거렸다. 비는 그쳤

---

* 기모노 위에 입는 겉옷.

지만 주변은 구두가 빨려 들어갈 것 같은 진창길이었다.

"뭐가 뭔지 모르겠네."

도모코는 더러워진 구두 때문에 낙담한 모습으로 되돌아오는 사요를 보고 오라고 손짓했다.

"일반인들한테 보여 주는 곳은 여기래요."

"이쪽이요?"

"아, 네."

두 사람은 어리둥절하면서 뒤편 천막 쪽을 쳐다봤다. 질퍽거리는 바닥에 코크스 찌꺼기가 깔려 있었고 공터에는 천막이 쳐 있었다. 천막 안에는 공진회처럼 새로 나온 밥통이라든지 도마, 대야, 크고 작은 소쿠리, 책장, 경대 등 온갖 세간살이가 잔뜩 진열되어 있었다. 신선한 나무껍질 냄새가 천막 밖으로 풍겨 왔다. 완장을 찬 남자가 물건을 팔고 있었다. 사요와 함께 버스에서 내린 하오리 차림의 여자들은 값싼 물건들을 보고 흥분했는지 떠들썩하게 물건을 잔뜩 사고 있었다.

사요와 도모코는 조금 떨어져서 그 광경을 잠시 지켜보고 있었다. 그러다 문득 길 건너편의 나막신 가게와 오래된 가마니 가게에서 이쪽을 쳐다보는 사람들이 있다는 사실을 깨달았다. 그리 넓지 않은 도로를 사이에 두고 그들은 화려한 아치와 자신들 사이의 좁힐 수 없는 거리를 잘 알고 있는 듯한 표정이었다.

이윽고 사요가 도모코의 손을 살며시 잡았다.

"이제 갈까요?"

도모코는 걸으면서 조금 감정적으로 말했다.

"흥, 장사가 아주 잘 되네요."

"물건이 잘 팔리는 건 좋은데…… 밥을 넣는 밥통이라니."

나무로 된 밥통에 따뜻한 밥을 담는 건 화목한 가정의 상징이다. 그래서 도모코는 당연히 밥통은 통장수집에서 팔아야 하고 밥은 나무 밥통에 담아야 한다고 여겼던 것이다.

버스에 오른 사요가 말했다.

"미안해요. 헛걸음치게 해서."

"괜찮아요, 무슨 그런 말을……"

두 사람은 일을 마치고 집으로 돌아가는 사람처럼 단숨에 사요의 집으로 돌아왔다. 격자문을 열던 사요는 갑자기 우스워서 견딜 수 없다는 듯 웃기 시작했다.

"정말이지, 난 바보인가 봐."

시게요시에게 얘기하면 뭐라고 할까? 핀잔까지는 아니더라도 멍청하다며 미간에 주름을 모은 채 웃었을 것이다. 마음을 가라앉힌 사요는 웃음을 그치고 문을 열었다.

　여름이 되자 들판의 지름길을 통과하는 사람들의 허리까지 풀들이 자랐다. 아이들은 하루 종일 메뚜기를 잡으며 수풀 사이를 뛰어다녔다. 들판 오른쪽 너머로 일장기가 바람에 펄럭이고 있었다. 자동차 연습장인 그곳에서 고물 자동차가 앞뒤로 움직이는 모습이 멀리서도 보였다. 들판에 곧 비행장을 만들 거라는 소문이 나돌았다. 나무 하나 없는 풀밭에 갑자기 비행기가 착륙할 수 있게 만든다는 것이다. 전쟁이 시작되고 들려오는 소문이지만, 때가 때인 만큼 아무런 근거도 없는 말은 아니었다.

　망가진 철조망을 통과해서 들판을 가로지르는 사요의 푸른색 양산이 한낮의 땡볕 속에서 여름 풀밭을 흔들며 점점 작아져갔다.

　사람이 지나가자 갑자기 발밑에서 메뚜기들이 뛰어올랐다. 자세히 보니까 개여뀌꽃도 피어 있었다. 들판 끝의 거무스름한 집들 한쪽에는 머리에 수건을 두른 여자들이 보였고 남자들과 함께 고물을 트럭에 오르내리는 모습은 활력이 넘쳤다. 마치 계절의 변화에도 마음을 빼앗길 여유가 없다는 듯한 모습이었다.

풀이 마르기 시작하면 곧 서리가 내릴 테고 그로 인해 땅이 물러진 겨울 들판은 걷기가 더 힘들어진다. 커다란 삼각형을 그리며 지름길을 통과하는 통행인 수도 많이 줄어들었다.

그런 계절이 되면 사요는 들판을 통과하지 않고 새로운 길로 돌아왔다. 그러다 길가의 나막신 가게 할아버지와도 자연스레 알게 되었다. 그 부근은 도로 보수공사 때문에 진흙탕이 되어 개들도 지나가기 꺼리는 곳이었다. 그해 겨울 사요는 나막신 끈이 끊어져 가게에 들렀다. 폭 1미터에 두 평 정도의 작은 가게는 한쪽 구석이 작업장이었고, 안쪽은 골목길과 비스듬하게 연결되어 있었다. 바싹 마른 할아버지 손처럼 건조한 가게 안에는 오래된 우산 몇 개가 있을 뿐이었다.

이곳은 도쿄에서도 굉장히 허름한 지역인데 왜 이렇게 화려한 지명으로 불리는 걸까? 도미가야, 도미가와, 아사히, 히노데*라니.

이 지역 지도를 보면 나막신 가게는 대각선으로 연결

---

* 도미는 부(富), 아사히와 히노데는 '아침 해'.

되는 몇백 가구들 중에서도 가장 빈곤한 지역의 최전선에 위치하고 있었다. 그리고 건너편 콘크리트 건물에 빨려 들어가지 않을 정도의 거리만 겨우 유지하고 있었다. 부챗살 모양으로 펼쳐진 골목길로 들어서자, 우산을 쓴 사람 하나가 겨우 통과할 만큼 좁은 공간에 작은 쪽방들이 다닥다닥 붙어 있었다. 그 처마 밑에는 빨래가 잔뜩 널려 있었고 내지인^{*}이나 반도인^{**} 부인들과 아이들 그리고 환자들의 움직이는 모습이 보였다.

강바람이 세차게 불어왔다. 맞바람을 맞으며 걸어가는 여자들은 약속이나 한 듯 몸을 앞으로 구부리고 얼굴까지 숄을 두르고 있었다. 신작로까지 돌아갔을 때 날카로운 기적 소리에 고개를 들어 보니 막다른 선로 철책 아래로 화물차가 덜그럭거리며 천천히 움직이고 있었다. 화물차 지붕에는 매연으로 시커메진 눈이 쌓여 있었다. 눈을 싣고 오는 그 모습이 신기하면서도 그리운 감정을 불러일으켰다. 메마른 회색 도시로 겨울을 싣고 오는 모습을 보자 사요는 일상에 대한 향수로 순간 울컥했다.

---

* 일본인.
** 조선인.

그해 연말부터 나막신 가게의 모습이 어딘가 모르게 달라지고 있었다. 세상은 점차 나막신 굽에서 가죽 조리나 비로드 끈의 시대로 바뀌고 있었다. 할아버지의 가게 앞은 점점 더 조용해졌고 휑한 유리 선반 구석의 색 바랜 녹색 종이만 유난히 눈에 띄었다. 하지만 손님이 겨우 들어갈 정도로 작은 가게에서는 이야기꽃이 가득 피었다. 안쪽에서 유젠*으로 염색한 붉은 천 조각이 움직이는 게 보였다. 그 작업을 하는 사람은 할아버지가 아니라 큰 몸집에 매서운 인상의 부인이었다. 한텐**을 걸친 이웃집 부인이 그녀 앞에 앉아 천을 만지작거리며 뭔가 이야기를 하고 있었다. 안쪽 재단판 앞에 앉은 부인은 큰 덩치에 어울리는 권위적인 모습으로 손님을 대하고 있었다. 처마 밑에서 겨울 햇살을 받으며 허리를 펴는 할아버지의 얼굴에도 희미하게 기름기가 돌았다. 부인은 매일같이 재단판 앞에 앉아 있었다. 가게 안쪽에서 사람들이 뭔가를 분주하게 먹고 있었다.

이 동네에 이렇게 유젠의 빨간색이 보이기 시작했다

---

* 일본의 염색 기법.
** 겨울옷.

는 것은 이제 곧 새로운 변화의 바람이 불어 닥칠 징조라고 할 수 있다.

봄이 되자 신작로 뒤편 다 쓰러져가던 네 칸짜리 쪽방촌 일부가 사라지고 기계 공장이 새로 들어섰다. 직공들과 여공들이 타임리코더를 찍고 사무실 입구로 들어갔다. 소형 승용차 다트선에서 임원으로 보이는 남자가 내리자 국방색 옷을 입은 운전기사가 서둘러 사무실 입구로 안내했다. 구경하던 직원들이 길을 터주면서 일제히 고개를 숙였다. 이 부근에서는 보기 드문 신기한 광경이었다.

주변에는 고철상, 주물 공장, 기계 공장 등 하청 공장들이 꽉 들어차 있었다. 철망이 쳐지고 새카맣게 때가 탄 창문 아래로 화려한 빛을 발하며 카페가 즐비하게 늘어서 있었다. 카페는 온종일 일하는 젊은 남자들을 유혹하는 듯했다.

정오를 알리는 사이렌 소리와 함께 공장 뒷문으로 몰려나오는 앞치마 차림의 여공들 모습이 활기찼다. 이야기를 나누던 여공들은 꼬불꼬불한 골목길 사이로 순식간에 사라졌다. 점심을 먹으러 오는 남편들 때문에 서둘러 돌아간 것이다.

마을 뒤로 전차가 새로 개통되었다. 선로는 아침저녁으로 비치는 마을의 모습을 깔끔하게 정리하듯 선명하게 한 줄로 선을 긋고 있었다.

전차가 개통된 지 얼마 안 된 어느 날이었다.

사요는 대구포와 콩나물을 파는 어둡고 습기 찬 가게, 오래된 솜 가게가 늘어선 골목을 통과해서 막 개통된 전찻길로 빠져나왔다. 혼잡하고 좁은 골목을 벗어나자 주변은 놀랄 만큼 한적했다. 오른쪽으로 쭉 가면 상점의 빨간 깃발이 보이는 종점이었고 왼쪽은 아득한 언덕이었다. 전차 한 대 다니지 않는 한낮의 넓은 도로가 하얀 구름이 떠 있는 고요한 하늘 저편으로 사라져갔다. 잡목림이 바로 근처에 있었는데, 느티나무와 단풍나무 등 온갖 나무들은 봄볕이 발산하는 빛과 온기 속에서 한창 새싹을 돋우고 있었다. 날카로운 초록 구슬 같은 점들이 오밀조밀한 그물 모양으로 흩날리는 햇살을 쉴 새 없이 흡수하고 있었다.

하얗고 부드러운 사요의 턱에 희미하게 윤기가 돌았다. 약간 흥분한 상태의 그녀는 길가에 서서 멍하니 숲을 바라보았다. 그리고 하얀 치마를 부풀이며 성큼성큼 걸어가는 반도인 할머니와 차도를 가로질러 건너편 골목으로 들어갔다. 다시 어수선하고 지저분한 길이 시작되었다. 쓰레기 바구니가 잔뜩 쌓여 있는 공터 옆길은 세 갈래로 나뉘어 있었다. 사요는 그 길이 어디로 이어지는지 전혀 알 수 없어 모퉁이에 서서 머뭇거렸다. 만약 지금 누군가가 친절하게 어느 쪽으로 갈 거냐고 묻는다면 사요는 당황스러워 얼굴을 붉힐지도 모른다. 어디로 가야 할지 그녀도 몰랐기 때문이다. 사실 사요는 집을 구하기 위해서 이곳까지 왔지만, 자신이 찾는 집이 어디에 있는지 짐작조차 할 수 없었다.

비슷해 보이는 세 갈래의 길 중 높은 느티나무 우듬지에 마음이 끌려서 왼쪽 골목길로 들어섰다.

도쿄에는 이제 살 만한 집이 남아 있질 않았다. 지금 살고 있는 언덕 위의 작은 집은 시게요시와 함께 살던 집이 아니었다. 사요가 도모코와 다니면서 찾아낸 그녀 혼자 사는 집이었다.

"어머, 이 집 참 좋다. 적막하지도 않고 바람도 잘 통하고."

이 집을 처음 발견했을 때 사요는 굉장히 만족스러웠다. 주인집 여자가 간섭하는 일도 전혀 없다고 했다.

"여기서 살면 좋을 것 같아요. 정말 잘 됐어요."

좁은 계곡 건너편 가까운 곳에 도모코의 집이 있다는 것도 장점 중 하나였다.

사요가 원래 살던 곳을 서둘러 떠나기로 결심한 이유는 자신의 삶을 좀 더 적극적이고 활기차게 만들고 싶어서였다.

이렇게 담담한 마음으로 지낸다는 건, 자신의 삶에 애착을 가지고 열심히 살고 있다는 증거인 셈이다. 사요는 그렇게 생각하면서 살았다.

이사한 그해의 추운 겨울밤이었다. 잠들려고 하는 순간 갑자기 '쾅' 하는 폭발음과 함께 집안 전체가 흔들렸다. 사요는 반사적으로 벌떡 일어나 스탠드를 켰다. 혼자 스탠드 불을 지켜보면서 긴장하고 있는데 조금 간격을 두고 다시 '쿠궁, 쿠궁' 하는 소리가 두어 번 들렸고, 그때마다 유리창이 덜커덩거리며 흔들렸다. 아마 오우지 쪽에서 나는 소리였을 것이다. 폭발 소리가 틀림없었다. 어디에서 나는 소리인지 귀를 기울여 봤지만 더 이상 들리진 않았다. 이번에는 한겨울의 화재를 알리는 종소리가 멀리서 울려 퍼지기 시작했다. 그쪽에서 개 짖는

아침 바람

소리도 함께 들렸다.

순간 잠옷만 입은 어깨 쪽으로 냉기가 스며들었다. 사요는 자신의 주변을 둘러보았다. 그리고 동네 여기저기서 잠에서 깬 수많은 부부가 서둘러 불을 켜고는 겁에 질려 얼굴을 맞대는 장면이 선명하게 그려졌다.

"무슨 소리지?"

"뭐, 뭐야?"

속삭이는 목소리가 사요의 귓가에도 들려오는데 그건 바로 자신의 목소리였다

다다미를 비추던 불빛처럼 선명한 고독감이 불안한 마음에 더해졌다. 사요는 몸서리치듯 홀로 있음을 느꼈다.

천창을 열고 불빛이 반사되는 흐린 하늘을 멍하니 쳐다보자, 까만 밤에 또렷하게 빛나는 어떤 감정이 밀려왔다. 말로 표현할 수 없는 엄청난 외로움이다. 충만하면서 순수한 감정 속에서 아름다움을 뚫고 지나가는 듯한 묘한 외로움이었다.

그날 도쿄의 얼마나 넓은 지역에서 얼마나 많은 사람이 자다 깼는지 알 수 없었다. 사요도 그날 밤 놀라서 눈을 뜬 사람 중의 하나임을 지금 아련하게 떠올리고 있었다.

그 봄날 오후, 사요는 대구포 가게 골목길에서 막 개통된 전찻길을 바라봤다. 그녀가 울창한 잡목림에 눈을 빼앗기고 나서 다시 혼잡한 길로 들어섰을 때의 기분은 말로 표현하기 어려웠다.

시게요시와 함께 있고 싶은 그녀의 마음은 깊어만 갔고 좀처럼 진정이 되지 않았다. 어떻게 할 방법도 없었기에 뭔가 일상생활을 완전히 바꿔야 기분이 풀릴 것만 같았다. 그래서 사요는 그날 아파트 생활을 상상해 봤던 것이다.

느티나무의 우듬지가 보이는 골목으로 들어섰다. 들통 안에 파란 붓순나무 이파리 몇 장이 들어 있는 게 보였다. 향을 묶어 놓은 빨간 띠종이가 묘하게 화려해 보이는 꽃집 모퉁이를 돌아 빠져나왔다. 그 막다른 골목이 조시가야 묘지였다. 묘지인데도 음침하지 않았고 밝은 빛이 길가의 나무 문을 비추고 있었다. 꽃집 뒷골목으로 들어서자 아파트가 보였다. 우연히 그곳으로 들어간 사요는 어느 정도는 진심이었고 한편으로는 그렇지 않은 복잡한 심정이었다. 눈이 부신 환한 바깥 풍경 안에 있다가 어두운 움막 입구처럼 보이는 문을 쳐다보며 시멘트 바닥의 현관으로 들어갔다.

어두컴컴한 복도 깊숙한 곳에 몇 개의 문이 나란히 이

어져 있었다. 셔츠 입은 남자가 양동이를 들고 복도 쪽에서 천천히 걸어 나왔다. 사요는 빈방이 있는지 물어봤다.

"글쎄요. 당분간은 나갈 사람이 없는데요."

관리인으로 보이는 남자가 시원스럽게 대답했다.

"여기는 가격이 싸거든요. 새 학기라서 꽉 찼습니다. 가격이 저렴한 대신 부엌은 공동으로 사용해야 하죠."

사요는 웃었지만 불편할 것 같다는 생각이 들었다. 인사를 하고 밖으로 나온 사요는 아쉬운 마음으로 아까 왔던 삼거리 쪽으로 걸었다. 집착하다시피 이 부근을 돌아다니고 있었다. 하지만 시게요시와 거리가 가까워질수록 그와의 감정이 더욱 깊어지는 듯한 느낌을 받았다. 시게요시와의 거리. 그에 대한 거리감이 그녀를 괴롭혔다. 자신의 마음과 몸을 그곳에서 떼어내기라도 하듯 고통과 싸우며 사요는 겨우 쇼센*에 올라탔다.

대나무 숲 옆쪽의 자갈투성이 언덕을 오르자 돌계단이 나왔다. 거기에 커다란 아카시아 나뭇가지가 오래된 문을 뒤덮으며 뻗어 있었고, 문 안쪽으로는 도모코 부부의 집이었다. 팔손이나무 화분 옆 격자문을 열려고 하는

---

* 민영화 이전의 철도선.

데 문이 틀어진 건지 쉽게 열리지 않았다. 몇 번인가 시도해 보다가 결국 큰소리로 도모코를 불렀다.

"도모코 씨!"

조심스럽지만 서둘러 2층에서 내려오는 소리가 들렸다. 오래된 이 집은 사다리 모양의 계단이 꽤 높아 몇 년째 살고 있는 도모코조차 방심할 수 없었다.

"정말이지, 이 집은!"

자신의 집을 생명체 대하듯 나무라는 말투였다. 도모코가 안쪽에서 격자문을 덜컹 열었다.

"지난번에는 저도 못 들어왔다니까요. 집주인인데 말이죠."

이 부부의 일상에 넘쳐흐르는 독특한 유머에 사요의 기분도 좋아졌다. 이 시간에 왔는데도 어디를 갔다 온 건지 따로 설명할 필요가 없었다.

"차 마실래요?"

물을 끓이는 동안 도모코는 부업으로 하는 뜨개질 거리를 무릎 위에 올려놓았다. 이 부부도 오랫동안 집을 찾고 있었다. 너무 오래된 집이라 바람이 세차게 부는 밤이면 마음 놓고 잠을 잘 수조차 없었다. 이들은 그저 평범한 집을 찾고 있었다. 도모코의 남편 준스케가 2층

아침 바람

에서 발을 헛디뎌 파이프를 입에 문 채 굴러떨어졌을 때는 심하게 화를 내기도 했지만, 그들은 집을 찾을 때까지 그럭저럭 잘 지내고 있었다.

'그런데 나는 왜 이렇게 눈에 불을 켜고 집을 찾아다니는 걸까?'

집 문제만은 아니라는 걸 사요도 잘 알고 있었다.

도모코는 분홍색 털실로 귀여운 아기 케이프를 뜨고 있었다. 그 장면을 바라보던 사요는 문득 어느 여성 작가의 소설에 나오는 한 장면이 떠올랐다. 남편과의 관계가 파탄에 이른 젊은 여자의 이야기였다. 주인공이 친구들과 함께 석양이 지는 가을, 집을 찾으러 언덕 위의 동네를 돌아다니던 장면이 생각났다.

여자 주인공이 모퉁이를 돌아 새로운 길로 접어들었을 때 노을 지는 광경이 그녀의 눈에 들어온다. 온종일 걸어 다녀도 아이가 딸린 젊은 여자 혼자서 새로운 삶을 시작할 만한 집을 찾을 수 없었다. 저녁 무렵 물푸레나무 밑을 터벅터벅 걷고 있던 그녀의 입에서 자신도 모르게 이런 말이 흘러나왔다.

"아, 내가 왜 이렇게까지 된 거지?"

그 한마디에 그녀가 짊어진 삶의 무게, 그 모든 의미

가 담겨 있었다. 그 장면이 사요의 마음 깊숙한 곳에 새겨졌던 것이다. 혼자 집을 찾으러 다니면서 얼마나 더 많은 것을 배워야만 하는 걸까.

도모코가 갑자기 물었다.
"아, 맞다. 오토메 씨가 혹시 사요 씨 집에 들렀나요?"
"언제요?"
"어젯밤에요."
"안 왔는데요."
"오토메 씨가 시골에 다녀왔다고 하던데 진짜인가?"
사요는 불안한 듯한 표정을 지었다.
"뭐라고 하던가요?"
"말을 너무 안 해요. 다녀왔다고는 하는데. 쓰토무 씨가 세상을 떠난 지 3주기인데 혹시 깜빡 잊어버린 건 아닌가 해서요."
친하게 지냈던 쓰토무가 힘들게 살다가 젊은 나이에 삶을 마감했을 무렵, 남겨진 그의 아내 오토메와 어린 딸에게 아무런 도움도 주지는 못했던 친구들은 어느 정도 책임감을 느꼈다.
연로한 쓰토무의 부모는 죽은 아들을 대신해 젊은 며

느리가 돈을 벌어 오길 바랐다. 하지만 그게 부담스러웠던 오토메는 딸을 데리고 마작 클럽에서 숙식을 해결하며 일했다는 것이다. 오토메는 마작 클럽의 맘씨 좋은 요리사가 자신에게 산책을 가자고 했고, 또 함께 살고 싶다는 말을 친구들에게 했다. 죽은 쓰토무는 시인이 되려고 했는데 요리사라는 직업이 오토메에게는 문제가 되었던 것일까?

그 이야기는 그걸로 끝났다. 사요가 지금 살고 있는 집을 처음 얻었을 때 도모코는 오토메도 같이 와서 사는 건 어떠냐고 제안했었다. 그때 아담한 몸매에 화려한 옷차림의 오토메는 예전 버릇 그대로 긴 눈썹을 치켜세우고 아랫입술을 핥으며 말했다.

"함께 살면 저야 좋겠죠."

그리고 한 번 더 윗입술과 아랫입술을 핥으며 결심한 듯 말했다.

"하지만 그러다 결국 저 혼자만 남으면 곤란하지 않겠어요? 사요 씨는 혼자서도 성장하는 사람이겠지만 전 평범한 여자라서요. 그냥 언제까지나 평범하게 살 뿐이에요."

소박하고 아름다운 오토메는 언제부터 그렇게 친구

들과 자신을 구별 지으며 거절하는 법을 배운 것일까? 그런 생각이 들자 사요는 굉장히 서글퍼졌다.

그 무렵 쓰토무가 생전에 알고 지내던 화가와 이러쿵저러쿵했다는 소문이 돌았다.

"쓰토무 씨는 철저한 금욕주의자였지. 오토메 씨의 기분도 이해가 되지만…… 그래도."

아무리 생각해도 쓰토무가 그 화가를 진심으로 좋아했다고는 생각할 수 없었다. 쓰토무가 선량하고 열정적으로 살다가 죽은 게 부인인 오토메의 입장에서 아무것도 아니라고 한다면, 그건 죽은 사람이나 살아 있는 우리에게 굉장히 비참한 일이다.

초여름이 되자 신록의 잡목림 숲이 밤낮으로 흔들렸다. 검은 어린잎들은 부드럽게 뻗어가고 있었다.

여름 들판에서 잠자리를 잡는 아이들의 활동 범위는 계속 좁아졌다. 비행기 공원이 된다고 했던 들판에는 장마가 끝나자 커다란 함석지붕의 작업장과 토목공들을 위한 함바집이 생겼다. 하루 종일 땅을 파내거나 목재를 가득 실은 트럭의 시끄러운 엔진 소리가 들렸다.

사요는 이제 들판을 지나가는 걸 그만두었다. 그리고

들판으로 가는 망가진 철조망 울타리 옆에는 고사를 지내는 신장대의 흰 종이가 바람에 나부끼고 있었다. 요즘 못이나 목재 등 건축 자재가 부족하다는데 들판에서는 여러 건물이 동시에 착공되고 있었다. 멀리 보였던 자동차 연습장의 일장기는 이제 보이지 않았다. 가솔린은 동이 났다.

가을이 깊어가면서 들판 공사장의 북적거리는 사람들 속에서 건물의 윤곽이 서서히 보이기 시작했다. 작업장의 가건물이 철거되는가 싶더니 어느새 함바집의 야외 아궁이도 보이지 않았다. 긴 콘크리트 벽에 둘러싸인 건물이 몇 개 완성되었고 거기에 조폐국*이 들어섰다.

이제 신작로에서 바라보는 들판의 전경도 이전과는 완전히 달라졌다. 왼편의 벚꽃 가로수 옆으로 네모반듯한 초등학교가 세워졌다. 조폐국이 새로 생기기 전에는 긴 콘크리트의 높은 담과 어두운 길이 가로막고 있을 뿐이었다. 넓은 들판의 모습은 온데간데없이 사라졌고 드문드문 공터가 보였다. 그곳에서 가을이 깊어질 때까지 벌레가 끊임없이 울고 있었다.

---

* 현 일본 대장성.

또 한 번의 여름이 찾아왔을 무렵, 들판의 광경은 점점 더 세밀하게 바뀌고 있었다. 비지통 위에 여자아이의 빨간 인형이 나뒹구는 두부 가게의 유리문에는 재료 부족으로 한 달에 두 번 휴업한다는 안내문이 붙어 있었다.

대구포 가게 앞 쌀집에는 쌀 주문을 현금으로 해달라는 전단지가 붙어 있었고 칠판에 국내산 2할, 외국산 8할이라고 적혀 있었다. 그리고 성냥을 배급한다는 안내문이 잡화점에 붙어 있었다. 마을 자치회에서 공동 수도 사이에 세운 두 개의 건물 팻말에는 그 건물에서 발생한 전사자의 이름이 쓰여 있었다. 그리고 가끔 페커드, 허드슨과 같은 고급 자동차가 길고 높은 담벼락 옆에 세워져 있었다.

이런 광경을 통해 그해 봄부터 세상이 급격하게 변화하기 시작하는 것을 알 수 있었다.

사요는 한동안 마음이 울적하기는 했지만 같은 곳에 머물면서 비교적 여유로운 일을 하고 있었다. 그리고 조금씩 서양화 작업을 다시 시작했다.

시게요시의 아내로서 사요의 감정은 알고 보면 순수했다. 순수하고 단순한 감정. 하지만 시게요시와 자신의 마음을 그 순수하다는 단 하나만의 감정으로 귀결시켜 버리는 것은 경계하고 싶었다. 자신도 깨닫지 못하고 있는 여러 감정을 표현할 수 있는 수단이 있다면 그건 좋아하는 그림을 그리는 일뿐이었다. 사요는 그림을 그리면서 자신도 알 수 없는 감정이나 울적함, 감정의 피상적인 부분을 발견해 나가고 있었다. 시게요시도 사요가 그린 서툰 스케치의 그림엽서를 통해서 그녀의 삶을 파악할 수 있을 것이다. 그녀는 시게요시가 자신의 감정을 생생하게 느낄 수 있다면 기쁠 것이다.

그림에 대해서 주변 친구들이 거리낌 없이 감상을 말해 주는 것도 사요에게는 즐거움이었다. 그림을 그리기 시작하고 나서 어느 해 봄날, 조시가야의 묘지 주변을 서글픈 마음으로 비틀거리며 걸었다. 사요는 이제 그런 충동도 열정적인 잠재력으로 바꿔서 살 수 있게 되었다.

8월의 어느 날 저녁, 사요는 여동생 부부의 집으로 갔다. 초산인 유키코의 출산 예정일이 다가오고 있었다. 어머니가 일찍 세상을 떠났기 때문에 유키코는 언니를 의지하고 있었다.

유키코는 묵직하게 부른 배에 귀여운 앞치마를 두르

고 있었다. 눈꺼풀에 희미한 주근깨가 있는 얼굴을 갸우뚱거리며 예언하듯이 말했다.

"아무래도 오늘 밤일 거 같아."

유키코의 남편 신이치는 툇마루에 드러누워 담뱃불을 붙였다.

"또 겁주려는 거지?"

"아이, 너무해. 나도 겁난단 말이야."

사요는 당황스럽다는 듯 둘을 쳐다보며 말했다.

"저기 잠깐, 차는 괜찮은 거지? 난 차 타고 가는 건 싫은데."

병원에는 사요가 따라가기로 되어 있었다.

유키코의 예상대로, 새벽 2시가 넘어서 심하게 갈라진 유키코의 목소리와 격자문 열리는 소리에 사요는 잠에서 깼다. 거실로 내려가 보니 깔끔하게 유카타를 입은 유키코가 환한 불빛 아래서 벽시계를 보며 손목시계를 맞추고 있었다.

"아아, 깼어? 다행이다."

평소와는 조금 다른 목소리였고, 계속 손목시계를 바라보고 있었다.

사요는 서둘러 옷을 갈아입었고 신이치는 운전대를

아침 바람

붙잡고 유키코를 태웠다. 사요의 손을 잡고 있던 유키코는 통증이 올 때마다 숨죽이며 손에 힘을 주었다.

"괜찮아? 견딜 수 있겠어?"

사요는 그렇게 말하면서 인적이 드문 거리를 질주하는 자동차 안에서 자신도 모르게 발가락 끝에 힘을 줬다. 통증 간격이 점점 짧아지면서 사요의 걱정도 극에 달했다. 겨우 병원에 도착한 유키코는 곧바로 산모실로 들어갔다.

2층 병실의 창문을 활짝 연 채 사요는 등받이 의자 두 개를 나란히 놓고는 그 위에 다리를 뻗었다. 아기는 빠르면 내일 아침에 나올 거라고 했다. 바람 한 점 없는 무더운 밤, 복도 건너편 병실 문이 죄다 열려 있었다. 방 안에는 희미한 불빛과 산모들의 숨소리만 가득 차 있었다. 사요는 사람들이 깰까 봐 삐걱거리는 의자 소리에 신경을 쓰면서 불안한 마음으로 부채질을 하고 있었다.

둥근 등나무 테이블이 병실 구석에 있었고 선반에는 잡지가 놓여 있었다. 사요는 다리를 하나씩 의자에서 내리고 일어나 잡지를 가져왔다. 한 권은 영화 잡지였고 또 한 권은 편집에 신경 쓴 오사카 지역의 오락 잡지였다. 잘 아는 여성 화가가 그린 그림도 있길래 시간도 때울 겸 페이지를 넘기던 사요는 자신의 눈을 의심했다. 그리고 잡지 속의 그림을 다시 봤다. 오토메의 모습을 그린 그림이었다. 개성 있는 둥근 눈썹이라든지 검은 점이 있는 뾰족한 윗입술. 오토메가 틀림없었다. 그림의 서명을 확인해 보니 오토메 남편의 지인이던 그 화가의 이름이 적혀 있었다. 몸에 실오라기 하나 걸치지 않은 오토메의 나체화. 마르고 뾰족한 어깨가 거친 선으로 그려져 있었는데 그건 분명히 오토메의 작은 어깨였다. 벌거벗은 오토메는 고지식하게 정면을 바라보고 있었다. 뼈가 앙상한 한쪽 무릎을 세우고 앉아 양팔을 축 늘어뜨린 채 두 눈썹을 치켜올렸다. 당장이라도 입술을 핥고 싶은데 간신히 참고 있는 듯한 표정이었다. 화가는 거친 붓놀림으로 그녀의 작은 팔꿈치를 크게 그렸고 배의 음영도 과장되게 표현했다.

'아, 오토메, 오토메!'

사요는 뜻밖의 모습으로 재회한 안쓰러운 옛 친구의 이름을 마음속으로 애절하게 불러 봤다. 화가는 벌거벗은 그녀의 모습을 그렸다. 야한 포즈도 취할 줄 모르는 오토메의 모습이 너무도 그녀다웠다. 그림이 무엇을 의미하는지 과연 오토메는 생각해 봤을까? 화가가 무엇을 표현하려고 했든, 오토메가 그런 모습으로 거기에 있다는 사실이 안타까웠다. 그걸 알고 있을까?

잡지를 덮고 사요는 의자 뒤로 머리를 기대었다.

무더운 밤이 점차 밝아지고 있었다. 창밖의 플라타너스가 점점 선명한 초록으로 바뀌며 아침 햇살을 받아 반짝거리기 시작했다.

갑자기 계단 아래쪽에서 아기의 울음소리가 들렸다. 사요는 반사적으로 의자에서 일어났다. 씩씩한 남자아이의 울음소리 같아서 잠시 머뭇거리고 있는데, 간호사가 2층 계단으로 뛰어 올라왔다. 갑자기 가슴이 두근거리기 시작했다. 사요는 계단을 올라온 간호사와 마주쳤다.

"아기가 태어났나요?"

"네, 축하드려요. 건강한 따님입니다."

사요는 너무 기뻐 무릎에서 힘이 빠지는 것 같았다. 처음 경험해 보는 순간이었다. 아래층으로 내려가는 동안 아기의 울음소리가 계속 들려왔다. 그 소리는 한 번도 보지 못한 삶에 대해 최선을 다해서 부르짖는 아기의 울음소리였다. 사요는 그 울음소리가 너무나 사랑스러워서 울컥했다.

옆방으로 들어가 신이치에게 전화를 건 사요는 들뜬 목소리로 말했다.

"순산했어요. 여자아이예요. 지금 한바탕 울고 있는데, 소리 들리죠?"

신이치가 애매하게 대답을 망설이자 사요가 다시 말했다.

"잠깐 기다리세요. 들려줄 테니."

그렇게 말하고 전화가 있는 방의 유리문을 열고 수화기 끈을 복도까지 끌고 나왔다.

"들리죠! 목소리 좋죠?"

갓 태어난 아기의 목소리를 전화로 들려주는 건 어려운 일이었다. 신이치는 곧바로 오겠다며 전화를 끊었다.

산모실로 이어지는 복도 끝에 좁은 정원을 중심으로 마주한 두 개의 문이 열려 있었다. 아침 이슬에 젖은 납작한 돌 위에 커다란 등심붓꽃 화분이 놓여 있었다. 촘촘하고 빽빽한 잎은 이슬을 머금고 있었다. 밤새 한숨도 못 잔 사요의 눈동자에 촉촉한 이파리의 푸른빛이 스며들었다.

사요의 마음은 따뜻하고 충만해졌다. 이런 기쁨과 안도감은 예상하지 못한 것이었다. 그래서 더 기뻤다. 하지만 한편으로는 잡지에서 본 오토메의 모습이 그녀의 가슴 한편에 남아 있었다.

담장 근처에서 생기 넘치는 참새들이 지저귀고 있었다. 이윽고 어디선가 라디오 체조 소리가 들리기 시작했다. 아주 흔하고 단순한 피아노 멜로디였다.

"국민체조 시작!"

아침 햇살을 받은 얼굴을 들고 피아노 소리에 귀 기울이고 있던 사요가 몸을 가늘게 떨었다. 그리고 자신도 모르는 사이에 흐느껴 울기 시작했다.

시게요시와 결혼한 지 얼마 안 된 어느 싱그러운 아침, 잠에서 막 깼을 무렵 어디선가 들려오던 이 단순한 멜로디. 그 여름날 두 사람이 있는 곳으로 음악 소리와 함께 아침 바람이 불어왔다. 그런 장면이 떠오르자 눈물이 흘러나왔다.

순수했던 그 시절의 추억이 지금 느끼는 환희와 맞물리며 사요는 눈물을 떨구었다.

작품 소개

아침 바람
(朝の風)

「아침 바람」은 1940년에 간행된 미야모토 유리코의 작품집 『아침 바람』에 수록된 작품이다. 이 작품은 크게 세 가지 시점으로 나눠서 살펴볼 수 있다.

첫 번째는 새로운 변화의 바람이 부는 당시의 시대상을 반영하고 있다. 새로운 문명과 도시화, 그에 따른 빈부 격차 등이 비교적 자세히 묘사되어 있다. 들판이었던 곳에 건물이 들어서고 또 비행장으로 바뀌기도 한다. 쪽방촌이 사라지고 거기에 공장이 새로 들어선다. 도쿄에서는 집을 구하기가 힘들어지고 세상은 점점 변해 가는데 서민들의 삶은 날로 궁핍해진다. 그리고 전쟁이 머지 않을 거라는 암시가 곳곳에 나타나 있다.

두 번째는 좌익 활동으로 형무소에서 고문을 받다 죽은 시인의 아내 오토메에 관한 이야기다. 미야모토 유리코가 1934년에 발표한 「고이와이 일가(小祝の一家)」는 프롤레타리아 시인 곤노 다이리키(今野大力) 일가, 특히 그의 부인 히사코를 모델로 한 작품이다. 곤노 다이리키를 시인 쓰토무로, 그리고 부인 히사코를 오토메라는 이름으로 등장시킨다. 곤노 다이리키는 프롤레타리아 잡지 ≪일하는 부인≫의 편집 일을 했으며, 1932년 구속되어 고문을 당하다 1935년 31살의 짧은 생을 마감했다.

그는 투병하면서도 적극적으로 활동을 한 문학자로서 프롤레타리아 작가의 상징적인 존재 중 한 명으로 알려져 있다. 「고이와이의 일가」에서 오토메는 카페에서 일하며 쓰토무의 좌익 운동 자금뿐만 아니라 치료비를 마련했으며, 쓰토무의 부모와 그 가족까지 돌보게 된다. 가난에 허덕이면서도 아내, 며느리, 엄마, 올케 등 많은 역할을 담당한 것이다. 그리고 평범한 부인이 아니라 쓰토무의 동지여야만 했다. 집안일만 하는 여성이 되지 않기를 바라던 남편은 그녀에게 좌익 잡지를 읽게 하고 독서도 권했다. 남편의 사상을 공유하고 가족들에게 헌신

했던 오토메는 남편이 죽자 집을 나오고 운동조직과도 거리를 두게 된다. 「아침 바람」은 시인 쓰토무가 죽은 지 3년 뒤로 도쿄라는 배경에서 시작되는 그 후일담인 셈이다.

　마지막으로 세 번째 시점은 작가 미야모토 유리코를 그대로 투영한 주인공 사요의 감정이다. 미야모토 유리코의 남편은 정치가이자 문예평론가인 미야모토 겐지이다. 그는 당시 좌익 활동으로 스가모의 형무소에 갇혀 있었다. 그녀는 관동대지진을 혼자 경험하면서 남편을 그리워한다. 그러다 여동생의 아기가 태어나면서 새로운 희망을 엿보기도 하지만 다시 예전의 그리움이 떠오르면서 과거의 장면과 오버랩이 된다. 그녀는 급격하게 변해 가는 세상에서 행복했던 과거의 단순한 일상을 그리워하며 울컥한다.

　이 작품에는 세 명의 여성이 나온다. 남편이 스가모의 형무소에 갇혀 있는 사요, 남편이 고문으로 세상을 떠난 오토메 그리고 연결고리 역할을 하는 친구 도모코이다.

　미야모토 유리코는 '성장'을 중요한 키워드로 잡고 글을 쓰는 작가이다. 그녀는 여성들에게 "우리의 힘든 현실을 잘 이해하고 '성장'의 밑거름으로 삼아야 한다."고

주장했다. 작품에서 언급되는 '평범한 여자'는 이데올로기에 지쳐 잠재적인 가능성을 포기한 고독한 여성을 의미한다고 볼 수 있다.

작가 소개

미야모토 유리코
(宮本百合子 1899~1951)

　미야모토 유리코는 도쿄에서 태어나서 일본여자대학교 영문과를 중퇴하였다. 1916년 17세의 나이에 주조 유리코라는 이름으로 《중앙공론》에 「가난한 사람들의 군상」을 발표하고 1918년 아버지와 함께 미국으로 건너간다. 뉴욕에서 고대 동양어 연구자인 아라키 시게루와 결혼하고 12월에 귀국하지만 1924년 이혼하게 된다. 이후 러시아 문학자 유아사 요시코와 함께 지내면서 장편소설 「노부코」 집필에 전념했다.

　1927년 소련으로 떠난 그녀는 서유럽 여행을 마치고 1930년 11월 귀국한다. 그 후 일본 프롤레타리아 작가

동맹에 가입하고 정치가이자 문예평론가인 미야모토 겐지와 1932년 결혼한다. 하지만 다음 해인 1933년 일본 공산당 스파이 사건 용의자로 검거되어 투옥과 집필 금지를 반복하며 혹독한 시기를 보내게 된다. 전쟁이 끝나고도 정력적으로 사회 활동과 집필을 이어가면서 많은 작품을 남겼다.

일본문학 컬렉션
02

역자 후기
●●●

<일본문학 컬렉션>의 두 번째 기획 『발칙한 그녀들』은 일곱 명의 여성 작가 작품을 모은 작품집이다. 19세기 말에서 20세기 초까지 새로운 문명이 한창 유입되던 시기에 발표된 작품들을 모았다. 서양의 과학 기술을 적극적으로 받아들이던 당시 일본은 근대적인 산업화의 기초를 마련하면서 부국강병을 본격적으로 추진하던 남성 중심의 사회였다. 남자에게 헌신하고 순종하는 게 미덕이라는 봉건적인 가르침이 여성 교육의 주를 이루고 있었다. 새로운 문명으로 세상이 급격하게 변화하고 있었지만 제도나 교육, 가치관은 이를 따라가지 못하는

혼란스러운 시대였을 것이다. 이 시기 여성 작가들은 기존의 작가들과는 다른 비판적인 시각으로 제도와 사회를 바라보면서 이에 대한 문제의식을 드러냈다. 제목인 '발칙한 그녀들'은 이렇게 앞서 나가는 생각으로 시대를 거슬렀던 여성 작가들 그리고 그녀들의 분신이었던 작품 속 여성 인물을 의미한다.

어릴 적부터 온갖 고생을 하며 생계를 위해 글을 썼던 히구치 이치요는 24세의 젊은 나이에 세상을 떠난 천재적인 작가이다. 「배반의 보랏빛」의 주인공은 남편을 배신하고 죄책감을 느끼지만 결국 자신이 선택한 길을 당당하게 걸어가는 모습을 보여 준다.

「깨진 반지」는 작가 시미즈 시킹이 자신의 결혼과 이혼 과정을 토대로 쓴 최초의 페미니즘 소설이다. 여성의 입장에서 자신의 삶을 담담하게 고백하고 있다.

비교적 부유한 환경에서 자란 오카모토 가노코는 시인으로 활동하다 소설가가 되었다. 「새해에는」은 회사에서 일어난 작지만 당돌한 사건을 다루고 있다. '여자다움'을 요구하던 시대적 풍조에서 자유롭지 못했던 여성의 내면을 엿볼 수 있는 작품이다.

자연주의 작가로 알려진 미즈노 센코의 「여자」, 「산

책」에는 여성과 남성의 모습이 사실적으로 그려져 있다. 지금도 어디선가 일어날 법한 매우 현실적인 내용이라 공감이 간다.

어려운 환경 속에서 작가의 꿈을 키웠던 하야시 후미코는 결국 베스트셀러 작가가 되었다. 「철 지난 국화」는 나이를 먹어 가는 여성의 삶을 그리고 있다.

「그녀의 생활」과 「생혈」은 일본 최초의 '여성 전업 작가' 타이틀을 가진 다무라 도시코의 대표작이다. 「그녀의 생활」이 결혼과 육아, 일에 대한 남녀의 시각과 문제 의식을 드러냈다면, 「생혈」은 첫 경험을 하게 된 미혼 여성의 심리를 세밀하게 묘사했다. 같은 작가가 썼다고 보기 힘들 정도로 성격도 문체도 전혀 다른 개성 넘치는 작품들이다.

미야모토 유리코는 프롤레타리아 문학의 대표 주자로 오랫동안 작품 활동을 한 작가이다. 「아침 바람」은 문명에 대한 비판 그리고 여성들도 성장해야 한다는 그녀의 사상이 잘 반영된 작품이다.

이 여성 작가들의 작품을 읽어 보면 백여 년 전 소설 속에 그려진 여성의 삶이 지금 우리가 고민하는 문제들과 크게 다르지 않다는 사실에 놀라지 않을 수 없다. 그녀들은 당시 여성이 처한 현실적인 문제들을 제기하면서 여성의 자립을 주장하기도 한 것이다.

여성 작가 특유의 세밀한 묘사가 많아서 번역이 쉽지만은 않았다. 여성 작가들의 섬세한 필치가 돋보이는 작품 세계는 독자들에게 색다른 매력으로 다가갈 것이다.

<일본문학 컬렉션> 시리즈는 다양한 일본문학을 소개하고자 세 명의 번역자가 뜻을 모아 기획한 것이다. 이미 알려진 작품도 있지만 국내에서 처음 번역하여 소개하는 새로운 작품들도 있다. 번역뿐만 아니라 시대가 변해도 읽을 만한 문학 작품을 선별하는 과정도 녹록치 않았다. 번역가는 가장 먼저 작품을 읽을 수 있는 첫 번째 독자이다. 그래서 독자의 입장에서 또 다른 독자들에게 작가의 의도를 잘 전달하는 역할을 해야 한다고 생각한다. 이를 위해 역자들은 최대한 가독성을 높이고 현대적으로 번역하고자 노력했다. 하지만 아무리 수정을 거듭하며 심혈을 기울여도 미비한 부분이 분명 있을 것이다. 그럼에도 부족한 점을 보완하며 한 걸음씩 앞으로 나아가고자 한다. 안영신 씨, 서홍 씨와 함께 다양한 일본문학 작품을 선별, 번역하여 소개할 수 있어서 기쁘게

생각한다. 그리고 한 권의 책으로 완성되기까지 도움을 주신 출판사 대표님과 편집해 주신 분께도 감사의 말씀을 전한다.

2021년 가을
박 은 정